아웃

임정연 지음

1판 1쇄 발행 | 2016. 5. 18

발행처 | **Human & Books**
발행인 | 하응백
출판등록 | 2002년 6월 5일 제2002-113호
서울특별시 종로구 삼일대로 457 1009호(경운동, 수운회관)
기획 홍보부 | 02-6327-3535, 편집부 | 02-6327-3537, 팩시밀리 | 02-6327-5353
이메일 | hbooks@empal.com

값은 뒤표지에 있습니다.
ISBN 978-89-6078-425-3 03810

* 2015년 아르코창작기금 수상 작품집입니다.

아웃

임정연 소설

Human & Books

차례

드디어 책이 나왔습니다. 오랜만에 내는 책이라 처음 책을 낼 때처럼 설레고 흥분되네요. 그 동안 많은 변화가 있었습니다. 집에서 글만 쓰던 제가 달리기를 시작했고요. 클래식만 들었는데 락도 듣게 되었어요.

한 가지의 '만' 에서 '도' 로 바뀌니까 더 많은 걸 즐기게 되었습니다. 정말 세상에는 이렇게 다양한 것들이 있구나 하는 것도 깨닫게 되었고요.

아직도 내 안에 남아있는 더 많은 '만' 들을 '도' 로 바꿔야 할 것 같습니다. 훨씬 더 많은 것을 보고 즐길 수 있도록.

많은 분들의 도움으로 이 책이 나오게 되었습니다. 하응백 선생님을 비롯한 휴먼 앤 북스 출판사분들, 해설을 써 주신 고인환 교수님, 추천사를 써 주신 김경주 시인, 표지를 그려준 물고기님께 감사드립니다.

그러니 함께 늙어갑시다.
아직 최고의 순간은 오지 않았으니.

-로버트 부라우닝

2016년 5월

임정연

아웃

한동안 서 있었더니 허리가 뻐근했다. 고개를 젖혀 하늘을 보았다. 봄날의 가벼운 솜털 구름이 떠가고 있었다. 기지개를 켜는데 사거리 건너편에서 신호를 무시한 채 달려오는 차가 있었다. 호루라기를 불며 손짓했다. 국산 중형차가 멈칫하더니 멈춰 섰다. 차를 갓길로 빼라고 손을 흔들었다. 차 옆으로 다가가자 썬팅이 까만 운전석 창문이 내려갔다.

  "수고하십니다. 신호 위반으로 단속하겠습니다."

  경례를 붙였다.

  "그런가요? 신호가 바뀌는 걸 못 봤는데……"

  남자가 비굴한 웃음을 띠며 고개를 내밀고 이리저리 살펴보았다.

  "교차로 진입 이전에 황색 신호로 변경되었으며 이후, 적색신호 상태에서 교차로를 통과하셨습니다. 신호위반으로 범칙금 6만 원과 벌점 15점이 부과됩니다."

"앞차에 가려 신호를 미처 못 봤는데…"

40대 중반의 남자가 당황한 얼굴로 쳐다보았다.

"앞차와의 간격이 있으면 다 보입니다. 면허증을 제시해주십시오."

"급해서 그런데. 한 번만 봐주시면…"

"면허증 제시해주세요."

남자에게 손을 내밀었다.

"아, 예 잠시만요."

남자가 몸을 숙이고 바지 주머니를 더듬었다. 지갑에서 면허증을 꺼내며 꾸물거렸다. 슬며시 웃으며 면허증을 건네주었다. 면허증 뒤로 꼬깃꼬깃하게 접힌 지폐가 있었다. 슬쩍 보니 파란색 지폐였다.

"허, 이러시면 곤란한데…"

"수고하시는데… 어떻게 잘 좀."

남자가 손바닥을 포개며 비굴하게 웃었다. 주위를 쓱 둘러본 다음에 돈을 주머니에 집어넣었다. 면허증은 대충 눈으로 훑었다.

"평소에는 잘 지키는데 오늘은 정말 급한 일이 있어서…. 앞으로는 정말 조심하겠습니다."

남자가 머리를 숙이며 주절주절 말했다.

"앞차에 가려 신호를 못 봤다고 하니까 특별히 봐드리는 거예요."

남자에게 면허증을 돌려주었다.

"아, 예. 감사합니다."

"앞으로는 조심하세요."

운전자가 황급히 차를 돌려 떠났다. 멀어지는 차를 보며 싱긋 웃었다. 하여간 저런 사람들은 규정대로 안 하고 걸리면 꼭 편법을 쓴다. 어깨를 뒤로 젖히며 또 딴 놈 없나 하면서 뒤를 쳐다보았다. 빨간색 승용차가 불법 유턴을 하는 게 보였다. 바로 호각을 불며 쫓아갔다. 옆으로 대라고 손짓을 했다. 창문이 내려가자 아무 생각 없어 보이는 아줌마가 앉아 있었다.

"수고…"

경례를 하며 미처 말을 꺼내기도 전에 여자가 줄줄이 말을 쏟아냈다.

"아, 제가 길을 잘 몰라서요…"

투실투실 살찐 얼굴에 턱 살을 흔들며 변명했다.

"불법 유턴으로 단속하겠습니다. 불법유턴은 범칙금 7만 원이 부과됩니다."

"네에?"

여자가 쩔쩔매는 얼굴로 눈을 깜짝거렸다.

"면허증을 제시해주세요."

"제가 진짜 길을 잘 몰라서요…"

"그렇다고 불법 유턴을 하면 안 되죠."

여자의 말을 자르며 허리에 손을 짚었다.

"정말 제가 길을 몰라서…"

여자가 굽실굽실하며 연신 변명을 늘어놓았다.

"면허증 주세요."

목을 늘이며 손을 까딱거렸다. 실랑이가 계속되었다. 이렇게 하루가 간다. 봄날의 하루가.

삐리릭 전자음 소리가 나며 도어 락이 열렸다. 현관문을 열고 집으로 들어갔다. 거실에서 텔레비전 소리가 났다. 현관에서 신발을 벗고 올라섰다. 소파에 누워 텔레비전을 보고 있던 마누라가 부스스 일어났다.

"왔어?"

"응."

"저녁은?"

"안 먹었는데."

"씻고 나와."

욕실로 들어갔다. 샤워기 아래에 섰다. 뜨거운 물줄기가 몸으로 쏟아졌다. 얼굴을 들고 물을 맞았다. 몸에 비누칠을 하며 뻐근한 어깨를 주물렀다. 오래 서 있었더니 다리도 아프고 허리도 뻐근했다.

씻고 나오자 식탁에 저녁이 차려져 있었다. 혼자 앉아 밥을 먹었다. 마누라는 등을 돌린 채 텔레비전 앞에 앉아 있었다.

"상규는?"

안을 두리번거리며 아들에 대해서 물었다.

"학원 갔지."

"어, 그래?"

마누라가 다시 텔레비전 쪽으로 등을 돌렸다. 침묵이 찾아왔다. 들리는 소리라고는 수저가 식기에 부딪치는 소리와 텔레비전 소리뿐이었다.

오전부터 시작된 회의가 점심시간을 지나 계속 이어지고 있었다. 이사가 참석한 보고 회의였다. 길고 지루한 회의가 끝났다. 회의실을 나오는데 부장이 이사 옆에 붙어 섰다.

"이사님 덕에 보고서 내용이 점점 좋아지고 있습니다. 역시 이사님 안목은 대단하십니다."

부장이 입을 죽 찢으며 살랑거렸다.

"하여간 이 사람. 뭘 그렇게까지."

이사가 웃음을 띠며 고개를 흔들었다.

"아닙니다. 이사님 아니었으면 이렇게 자료준비가 안 되었을 겁니다."

부장이 머리를 숙이며 또 추켜세웠다.

"조사 잘해서 빠른 시일 내에 다시 보고하도록 해."

"예, 알겠습니다. 아, 이사님 점심식사는 어떻게?"

부장이 손을 맞비비며 물었다.

"어, 해야지."

"저번에 그 집으로 가실까요?"

"어, 그럴까?"

부장이 이사를 모시고 복도를 따라 내려갔다. 부서로 돌아오자 사무실이 텅 비어 있었다. 다들 밥을 먹으러 나간 것 같았다. 나가서 뭐라도 먹어야 하나 생각하는데 신트림이 넘어왔다. 식욕도 없고 가슴만 답답해서 옥상으로 올라갔다. 자판기 커피를 뽑아들고 담배를 피워 물었다. 후 하고 연기를 날리며 난간으로 다가섰다. 손으로 목을 꾹꾹 누르며 멍하니 건너편을 쳐다보았다. 멀리 빌딩 사이로 봄의 아지랑이가 가물거리고 있었다. 눈이 시었다.

아웃도어 차림으로 방에서 나왔다. 식탁에서 멸치를 손질하고 있던 마누라가 고개를 들었다.

"산에 가서?"

"어, 갔다 올게."

"저녁은?"

"그 전에 들어올 거야."

아파트 단지를 벗어나자 지하철역 쪽으로 방향을 틀었다. 등에 배낭을 메고 빠르게 걸었다. 지하철역에 도착하자 사물함으로 갔다. 뒤쪽의 사물함을 열어 가방을 꺼내고 배낭을 집어넣었다. 화장실로 들어가 칸막이 안으로 걸음을 옮겼다. 변기 뚜껑을 닫고 걸터앉았다. 아웃도어를 벗어 가방에서 꺼낸 제복으로 갈아입었다. 등산화 대신 비닐봉지에서 꺼낸 구두를 신었다. 아웃도어와 등산화는 가방 속에 집어넣었다. 세면대 거울 앞에서 모자를 썼다.

골목을 따라 내려오는데 묵직한 비닐봉투를 들고 가는 아줌마가 보였다. 뒤를 따라갔다. 아줌마는 쓰레기 수거함 옆에 검은 비닐봉투를 내려놓았다. 돌아서서 가려고 하는 아줌마를 불러 세웠다.

"잠시만요."

아줌마가 돌아보더니 벌레 씹은 표정이 되었다.

"아, 저요?"

"예. 방금 검은색 봉투 내려놓으셨죠?"

"아, 그게…"

아줌마가 말을 더듬으며 눈을 이리저리 굴렸다.

"쓰레기 불법 투기로 단속하겠습니다."

"제가 한 거 아닌데…"

아줌마가 눈을 피하며 안절부절못했다.

"제가 방금 봤습니다."

"그 그게 아니라…"

"저기 CCTV 보이시죠?"

손을 들어 골목 위에 있는 방범 카메라를 가리켰다.

"저기 보면 다 나오거든요. 쓰레기 불법 투기는 벌금 300만 원이 부과됩니다. 신분증 제시해주시고요."

"아니, 주민등록증은 안 가져 나왔는데…"

아줌마가 눈을 깜빡거리며 어쩔 줄 모르는 얼굴로 말했다.

"집에 있어요?"

"아, 예. 집에 아마도…"

"집까지 같이 가시죠."

"경찰아저씨, 잘못했습니다. 정말 한 번만 봐주세요."

아줌마가 우는 얼굴로 팔에 매달렸다.

"어허, 이러시면 안 됩니다. 법대로 해야 한다니까요."

"다시는 이런 일 없을 테니까 제발 한 번만 봐주세요."

머리를 숙이며 사정사정했다. 후, 하고 한숨을 쉬며 곤란한 표정을 지었다. 그러자 아줌마가 손을 비비며 발을 동동 굴렀다. 턱을 쓰다듬으며 힐끗 아줌마를 쳐다보았다. 두 손을 모은 채 쩔쩔매며 눈치만 보고 있었다.

"그럼 오늘은 봐드리는데 다음에는 단속됩니다. 불법투기 하시면 안 됩니다."

"네에… 감사합니다. 다시는 안 할게요."

아줌마가 고개를 숙이고는 돌아섰다.

"아줌마."

"네에?"

"쓰레기는 가져가야죠."

"아, 예. 예. 죄송합니다."

아줌마가 검은 비닐봉지를 집어들고는 후다닥 뛰었다. 가벼운 걸음으로 골목을 빠져나와 거리로 나섰다. 길가의 떡볶이를 파는 포장마차로 들어갔다. 어묵을 몇 개 집어먹었다.

"장사 잘되세요?"

입 속의 어묵을 우물거리며 주인을 쳐다보았다.

"아, 예. 그렇죠. 뭐."

주걱으로 떡볶이를 뒤집던 주인이 머리를 끄덕였다.

"여기 괴롭히거나 그런 사람 없죠?"

"아, 이렇게 순찰 돌고 하시는데 이런데 쓸데없이 시비 거는 사람 없어요."

주인이 고개를 흔들었다. 어묵 국물을 후루룩거리며 주인을 쳐다보았다.

"떡볶이 1인분 주세요."

주인이 건네준 떡볶이를 먹고 휴지로 입가를 닦았다.

"여기, 얼마예요?"

"아, 그냥 가세요."

주인이 괜찮다는 듯 손을 내저었다.

"그러시면 안 됩니다. 얼마예요? 받을 건 받으세요."

주머니에서 천 원짜리를 꺼내자 주인이 힐끗 곁눈질했다.

"천 원입니다. 천원 주세요."

주인의 손에 돈을 건네주며 돌아섰다.

"아, 예. 많이 파세요."

포장마차를 나와 하늘을 쳐다보았다. 비가 오려는지 하늘이 잔뜩 찌푸려져 있었다. 천천히 거리를 따라 내려갔다. 머리로 빗방울이 툭툭 떨어지기 시작했다. 조금 지나자 쫙쫙 쏟아지기 시작했다. 사람들이 건물 안으로 뛰어들어갔다. 비가 오면 다니는 사람도 준다. 이런 날 다녀봤자 소득도 없다. 눈앞의 벚나무에서 꽃잎들이 후드득 떨어졌다. 오늘은 이 정도만 할까?

오전에 결재서류를 들고 부장에게 갔다가 된통 깨졌다. 잔뜩 찌푸린 얼굴의 부장은 다시 해오라며 서류를 던졌다. 사무실로 돌아오자 과장이 내 눈치를 보았다. 그 앞에 서류를 던졌다.

"야, 박 과장. 한번에 제대로 못하냐. 꼭 내가 부장님한테 싫은 소리 들어야 해?"

"죄송합니다."

박 과장이 고개를 숙이며 몸을 움츠렸다.

"제대로 좀 하자. 제대로 좀 해."

"예, 알겠습니다."

자리로 돌아와 의자에 기대며 목을 주물렀다. 칸막이 너머로 과장이 대리를 채근하는 소리가 들렸다. 대리가 부루퉁한 표정으로 제자리로 돌아가고 있었다. 사무실 분위기가 시무룩해졌다. 오전 시간이 정신없이 흘러갔다. 점심시간이 되자 박 과장이 건너편에서 물었다.

"차장님, 식사하셔야죠?"

"어, 가야지."

컴퓨터에서 고개를 들며 자리에서 일어섰다. 계속 모니터만 보았더니 눈이 쑤셨다. 사무실을 나오자 얼른 과장과 대리가 따라나섰다.

"어디로 갈까요?"

옆에서 걷던 박 과장이 물었다.

"요 앞 설렁탕 집 가. 얼른 먹고 들어와서 아까 그거 빨리 해야지."

"예에…"

박 과장이 내키지 않는 표정을 지으며 머리를 끄덕였다. 회사를 나와 빠른 걸음으로 걸었다. 과장과 대리가 옆으로 허겁지겁 따라붙었다. 일찌감치 나온 넥타이 부대들이 우르르 식당으로 몰려가고 있었다. 그 틈에 끼었다.

거리를 왔다갔다했다. 하지만 별 건수가 없었다. 터벅터벅 거리를 따라 내려오다 대형 마트가 보여 들어갔다. 입구 쪽에 주차장이 있었다. 장애인 주차구역에 외제차가 서 있길래 앞 유리창을 보았다. 장애인 표지가 없었다. 멀찍이 떨어져 지켜보기로 했다. 잠시 후 비상등이 깜박거리며 30대 후반으로 보이는 부부가 카트를 끌고 다가왔다. 그리곤 트렁크를 열고 카트의 짐을 싣기 시작했다. 그 틈에 차로 다가갔다.

"수고하십니다. 장애인 주차구역 위반으로 단속하겠습니다."

열심히 짐을 싣고 있던 남자가 놀란 듯 뒤돌아보았다.

"장애인 주차구역 위반은 벌금 10만 원이 부과됩니다. 신분증 제시해 주십시오."

"아까 빈자리가 없어서 그랬는데… 금방 빼려고 했어요."

머리를 7대 3 가르마를 탄 남자가 당황한 듯 손사래를 쳤다. 쳐다보니 카트에 짐이 수북했다.

"잠깐이라도 장애인 주차구역에 대면 안 되는 거 아시죠?"

"아, 정말 잠깐…"

얼굴에 개기름이 줄줄 흐르는 남자가 열심히 변명했다.

"장애인 주차구역은 잠깐이라도 안 되는 거 아시죠?"

다시 같은 말을 반복했다.

"알죠, 당연히 비워 놔야죠… 지금 빼겠습니다."

남자가 손사래를 치며 허둥거렸다. 카트의 짐을 싣던 여자가 무슨 일인가 하듯 다가왔다.

"왜 그래, 무슨 일이야?"

"저쪽 가 있어."

남자가 여자의 등을 떠밀었다.

"일단 면허증부터."

손을 내밀었다.

"예에…"

남자가 주위를 두리번거리더니 등을 돌리고 주섬주섬했다. 그리곤 손에 덥석 지폐를 쥐어주었다.

"아, 수고하시는데…"

"어허, 이러시면."

짐짓 고개를 흔들며 눈을 부릅떴다.

"휴일에도 이렇게 수고하시고 제가 허리가 아파 잠깐 세운다고 하는 것이…"

남자가 손으로 허리를 짚으며 얼굴을 찡그렸다.

"다음부턴 조심하세요."

"예에… 알겠습니다."

남자가 손짓으로 여자를 부르더니 재빨리 카트의 짐을 트렁크에 옮겨 실었다. 부부는 주차장에 그대로 카트를 팽개쳐두고 마트를 떠났다. 그걸 보고 슬며시 웃음이 났다. 주차장을 벗어나는데 아줌마가 아이 손을 끌고 마트 쪽으로 무단횡단을 하는 것이 보였다. 호각을 불며 그쪽으로 다가갔다.

"무단횡단으로 단속하겠습니다."

"네에?"

아줌마가 당황한 듯 쳐다보았다.

"무단횡단은 범칙금 3만 원이 부과됩니다. 신분증 제시해 주세요."

"주민등록증 안 가져왔는데…"

아줌마가 우물쭈물하며 눈을 깜짝거렸다.

"지갑 안에 주민등록증 없어요?"

"제가 주민등록증 잃어버려서…"

아줌마가 더욱 당황한 얼굴로 허둥거렸다.

"아니 분실신고하고 재발급 받으셔야죠."

"네에, 제가 하려고 했는데 갑자기 애가 아파서 병원에 왔다갔다하느라 정신이 없어서…"

옆에서 아이가 멀뚱멀뚱 아줌마를 올려다보고 있었다.

"애를 데리고 그렇게 무단횡단하시면 어떡합니까?"

허리에 손을 짚으며 몸을 뒤로 젖혔다.

"…아, 죄송합니다."

아줌마가 다시 꾸벅했다.

"그러다 사고 나면 큰일나요."

"…네, 네. 잘못했습니다."

아줌마가 머리를 숙이며 사정했다.

"앞으로 조심하세요. 다음 번에 걸리면 안 봐드립니다."

"…네에. 잘못했습니다."

깊이 고개를 숙였다. 그리곤 아이 손을 끌고 허둥지둥 마트 안으로 모습을 감췄다. 그 모습을 보며 빙긋 웃었다. 거리를 돌아보고는 팔을 흔들며 천천히 횡단보도를 건너갔다.

꽃샘 추위가 왔는지 날씨가 갑자기 싸늘해졌다. 제복 위에 점퍼를 걸치고 상가 거리를 내려왔다. 어디선가 와자한 소리가 들렸다. 거리 한쪽에 사람들이 몰려 있었다. 무슨 일인가 싶어 사람들이 몰려선 곳으로 다가갔다.

"경찰 왔다."

누군가 소리치자 사람들이 쫙 갈라졌다. 사람들에게 떠밀려 그쪽으로 다가갔다. 거리 한쪽에서 중년의 사내가 젊은 여자를 패고 있었다. 벌써 꽤 맞은 듯 여자의 얼굴은 멍이 들고 코피가 흐르고 있었다.

"살려주세요."

맞던 여자가 흐느끼며 소리를 질렀다. 주위에 있던 사람들이 웅성거렸다. 사람들이 다가서려고 해도 사내의 서슬에 밀렸다. 벌건 눈을 희번덕거리며 쌍욕을 내뱉었다. 여자의 머리채를 움켜쥐고 흔들었다. 고래고래 소리를 지르며 사람들에게 주먹을 휘둘렀다.

"경찰아저씨, 어떻게 좀 해봐요."

누군가 등을 떠밀었다. 멈칫거리며 다가갔다.

"중지하세요. 그렇지 않으면 폭행죄로 처벌하겠습니다."

"네가 뭔데? 해봐."

사내가 고개를 홱 젖히더니 주먹을 휘두르며 달려들었다. 뒤로 피하며 한 발 물러섰다. 사내가 붉은 눈을 치뜨며 소리를 질렀다.

"내 마누라다. 내 마누라 내가 패는데 네가 왜 지랄이야?"

입에서 술 냄새가 났다.

"이 아저씨 모르는 사람이에요."

젊은 여자가 흐느끼며 소리쳤다.

"뭐야, 이게 어디서 뺑까고 있어?"

사내가 휙 돌아서더니 다시 여자에게 주먹을 휘둘렀다. 사람들이 웅성 거렸다. 한 눈에 봐도 여자와 부부로 보이지가 않았다.

"경찰아저씨 좀 말려요."

사람들이 다시 몸을 떠밀었다. 그 성화에 밀려 주춤주춤 다가갔다. 주먹질을 하고 있는 사내의 등을 두드렸다.

"중지하세요. 그렇지 않으면 폭행죄로…"

순간 사내의 주먹이 턱으로 날아왔다. 비틀 하며 뒤로 물러섰다. 사내의 주먹이 계속 날아왔다. 정신없이 얻어맞았다. 남자의 발이 옆구리를 걷어찼다. 어이쿠 허리를 꺾고 있는데 어디서 호각 소리가 들리며 우르르 달려오는 발소리가 났다.

누군가 거칠게 나와 사내를 떼어냈다. 다리가 풀리며 주저앉았다. 고개를 들자 경찰들이 사내의 등에 올라탄 채 수갑을 채우고 있었다. 사내는 몸부림을 치며 순찰차로 끌려갔다. 온몸이 욱신거리고 머리가 멍했다.

"괜찮으세요?"

누군가 다가와 물었다. 고개를 들자 젊은 순경이 내려다보고 있었다.

"아, 예에…"

대답하는데 입안의 침이 바싹 말랐다. 주위를 휘둘러보았다. 사람들이 겹겹이 에워싸고 있었다. 억지로 몸을 일으키자 옆에서 순경이 붙잡아주었다. 그때 사이렌 소리가 들리며 구급차가 도착했다. 사람들이 길을 터주었다. 차에서 내린 구급대원들이 급히 젊은 여자를 싣고 있었다. 사람들의 눈이 모두 그쪽으로 쏠려 있었다. 그 틈에 빠져나가려고 뒤로 움직였다. 그런데 하필 그쪽으로 순찰차가 들어왔다. 차가 서고 안에서 경찰들이 내렸다. 이런 낭패다. 그 중에서 나이가 들어 보이는 경찰이 물었다.

"지금 상황 어떻게 된 거야?"

"예. 상황 종료되었습니다."

내 옆에 있던 젊은 순경이 뛰어가 보고했다.

"어, 그래?"

턱으로 날 가리켰다.

"누구야?"

"저희보다 먼저 현장에 오셨습니다."

"어, 그래? 어디 소속?"

나이든 경찰이 날 쳐다보았다.

"아, 예. 그게…"

눈을 못 마주치며 뒷걸음질을 쳤다.

"소속이 어디야?"

나이 든 경찰이 내 쪽으로 다가왔다.

"저, 그게…"

바로 돌아서서 달렸다. 심장이 벌컥벌컥 뛰었다.

"야, 잡아."

뒤에서 외치는 소리가 들렸다. 팔을 허우적거리며 달렸다. 뒤에서 쫓아오는 발소리가 났다. 사람들을 뚫고 지나가려고 했지만 쉽지가 않았다. 우왕좌왕하고 있는데 뒤에서 우악스러운 손이 목덜미를 낚아챘다. 바로 나이 든 경찰에게 끌려갔다.

"뭐야. 이거 가짜 아냐?"

눈살을 찌푸리며 쳐다보았다.

"어떻게 할까요?"

"연행해."

찰칵 손목에 수갑이 채워졌다.

"당신을 공무원 사칭 혐의로 긴급 체포합니다. 당신은 진술 거부권이 있으며, 당신의 진술은 법정에서 불리한 증거로 사용될 수 있으며, 변호사를 선임할 권리가 있음을 알려드립니다."

순경이 미란다원칙을 줄줄이 읊었다. 끽 소리도 못하고 순찰차에 태워졌다. 골목에 있던 사람들이 무슨 일인가 하듯 쳐다보고 있었다.

젊은 경찰 손에 이끌려 가죽잠바를 입은 사람 앞에 턱 앉혀졌다.

"뭐야?"

"공무원 사칭 혐의입니다."

"어, 그래. 가봐."

가죽잠바를 입은 남자가 고개를 끄덕였다.

"이름?"

"…예에?"

남자가 노트북 너머로 흘끔 쳐다보았다.

"이름?"

다시 같은 말을 반복했다.

"…예에. 김영철."

고개를 푹 숙인 채 발 아래를 쳐다보았다.

"생년월일?"

"…1969년 8월 10일."

타닥타닥 자판을 두드리는 소리가 들렸다.

"주소?"

그냥 일상적으로 묻듯 담담한 어조였다.

"…서 서울시 은평구 불광동…"

더듬거리며 작은 소리로 대답했다.

"김영철 씨는 공무원 사칭 혐의로 조사를 받는 겁니다. 아시겠습니까?"

가죽잠바가 눈을 들어 날 쳐다보았다.

"…예에."

기어 들어가는 소리로 대답했다.

"대답 좀 크게 하세요. 크게."

"…예에."

마지못해 조금 크게 대답했다.

"오늘이 처음 아니죠? 언제부터예요?"

"……"

수갑 찬 손을 비비다 눈을 질끈 감았다.

"…그게 오늘 처음…"

"저희가 조사하면 다 나오거든요. 수사에 협조하시는 게 좋아요. 지금 숨기다 나중에 나오면 더 처벌받을 수 있어요. 언제부터예요?"

"…그게 지난주부터…"

"이 양반이 진짜."

가죽잠바의 목소리가 조금 커졌다. 그때 등뒤에서 마누라의 목소리가 들렸다.

"실례합니다. 김영철 씨가 여기 있다고 해서…"

내 앞에 앉은 가죽잠바가 손을 들었다.

"김영철 씨 찾아오신 분. 이쪽으로 오세요."

얼른 고개를 숙였다. 마누라가 다가와 나와 가죽잠바를 번갈아 쳐다보았다. 손에 종이가방이 들려 있었다.

"상규 아빠. 아니, 당신 등산하러 간다더니…"

마누라는 놀란 얼굴로 할 말을 잃은 표정이었다.

"김영철 씨는 공무원 사칭 혐의로 현장에서 체포되었습니다."

내 앞에 앉은 가죽잠바가 설명했다.

"네에?"

마누라가 당황한 얼굴로 날 돌아보았다. 고개를 푹 숙이며 허둥지둥 점퍼의 모자를 둘러썼다. 수갑을 차서 손이 더디게 움직였다.

"남편 분이 주말에 경찰 행세하며 다니는 거 모르셨어요?"

"아뇨. 주말마다 산에 간다고…"

"남편 분이 주말에 산에 간다고 나가신 게 언제부터인가요?"

"그러니까…"

마누라가 숨을 삼키며 옆의 의자에 털썩 주저앉았다. 날 쳐다보는지 쓱 고개를 돌렸다. 수갑 찬 손을 틀어쥐고 깊이 머리를 숙였다.

안에서 옷을 갈아입고 나왔다. 마누라는 경찰서 문 앞에서 등을 돌린 채 기다리고 있었다. 벌써 늦은 새벽이었다. 바깥은 칠흑처럼 깜깜했다.

"…미안해."

고개를 푹 숙였다.

"얼른 갑시다. 내일 출근해야지."

마누라가 먼저 계단을 내려갔다. 묵묵히 그 뒤를 따랐다.

야생동물 보호구역

얼마나 시간이 지났는지 알 수 없었다. 분명 약속 시간에서 많이 지났을 터였다. K가 알려준 대로 고개에서 좌회전을 한 뒤 계속 달려왔다. 길은 줄곧 외길이었다. 길 양편으로 빽빽하게 나무들이 들어차 있었다. 길게 늘어진 나뭇가지들이 치렁치렁했다. 사이드 미러로 내다보니 온통 나무들뿐이었다. 구릉은 높지 않지만 울창한 숲이었다. 경기도에 이렇듯 호젓한 길이 있을 줄 몰랐다. 구름이 달을 삼켰는지 갑자기 주위가 어두워졌다. 전조등이 비추는 곳 말고는 캄캄했다. 숲에서 바스락거리는 소리가 들렸다. 열어놓은 창문을 닫으며 잠금 버튼을 눌렀다. 괜히 신경이 곤두섰다. 어디선가 어긋난 게 분명했다. K의 말로는 고개에서 갈라진 뒤 십여 분만 달리면 샛길이 나온다고 했다. 거리 감각의 차이겠지. 중얼거리면서 디지털 시계를 곁눈질했다. 고개에서 갈라진 후 적어도 이십 분 넘게 달려온 기분이었다. 차를 세우고 K에게 전화라도 하고 싶었다. 그러나 대시보드에 세워놓은 휴대전화는 배터리가 없는 듯 삑삑거렸다. 빌어먹을. 짜증이 터져나왔다. 약도라도 그려달라고 했으면 이렇게 헤매지 않았을 텐데.

기분 탓인지 하늘도 비끄무레했다. 사위가 조금씩 밝아졌다. 검은 구름이 천천히 흘러갔다. 붉고 둥근 달이 틈새로 조금씩 드러났다. 오른손을 핸들에서 떼며 조수석에 놓여 있는 담배를 집어들었다. 불을 붙이고 한 모금 재빨리 빨아들였다. 곤두선 신경이 조금 누그러졌다. 창문을 내리는데 바람이 밀려들었다. 붉은 재가 손등으로 떨어졌다. 너무 뜨거워 엉겁결에 브레이크를 힘주어 밟고 말았다. 차가 거친 소리를 내며 멈춰 섰다. 몸이 앞으로 급하게 쏠렸다. 제기랄. K가 눈앞에 있다면 심하게 투덜거렸을 것이다. 약속이고 뭐고 다시 돌아가고 싶은 마음이 굴뚝이었다. 다행히 뒤따라오는 차는 없었다. 뒤는커녕 마주 오는 차 한 대도 보이지 않았다. 숲은 고요했다. 나무 사이를 휘돌아 가는 바람소리만 들려왔다. 여기가 어디란 말인가. 나는 전조등이 비추는 외길을 쳐다보았다.

K에게선 아무런 연락도 오지 않았다. 이곳으로 오라고 은근히 부추기더니 잊어버린 모양이었다. 아니면 오든지 말든지 신경도 쓰지 않는단 말인가. K에게서 전화가 온데도 소용이 없을 것 같았다. 휴대전화는 방전된 듯 죽어버렸다. 병원의 탕비실에 충전기가 있겠지만 어쩌겠는가. 먹통이 된 휴대전화를 바라보다가 담뱃재를 털었다. 길게 숨을 내쉬고 차를 돌렸다. 다시 달려왔던 곳으로 되돌아가야만 했다. 분명 어디선가 어긋난 게 분명했다. 좀 전보다 속도를 떨어뜨리고 천천히 차를 몰았다. 캄캄한 숲

에서 무언가 튀어 달아났다. 나뭇가지가 세차게 흔들렸다. 순식간에 사라져 보지 못했다. 오소리나 너구리 같은 게 아닐까. 그러나 알 수 없다. 이 세상에 장담할 수 있는 일이 있기나 한 걸까.

샛길을 발견한 건 차를 돌려 한참을 달린 후였다. 길은 휘늘어진 나뭇가지 사이로 보였다. 나뭇가지가 진입로를 감추고 있었다. 미리 설명을 듣지 않았으면 그곳에 길이 있을 거라고 상상하기 힘들었다. 웬만큼 주의 깊게 살펴보지 않으면 그냥 지나칠 수밖에 없었다. 좀 전에 이곳을 지나친 건 충분히 있을 수 있는 일이었다. 고개 쪽에서 달려오자면 샛길은 왼쪽으로 틀어야 들어갈 수 있었다. 줄곧 달려가던 방향 쪽만 바라보았으니 보였을 턱이 없었다. 길은 포장이 되어 있지 않았다. 붉은 흙 사이로 난 길로 타이어 자국이 깊게 패어 있었다. 겨우 차 하나가 간신히 드나들 수 있는 넓이였다. 작은 돌들이 바퀴에 걸려 튀는 소리가 들렸다. 샛길은 숲을 뚫어 만든 듯 보였다. 들어갈수록 나무들이 더 촘촘해졌다. 길은 오르막으로 이어졌다. 어디선가 희미하게 웃음소리가 들렸다. 고기가 익고 있는 냄새도 날아들었다. 오르막이 끝나는 곳에 펜션이 한 채 나타났다.

펜션은 어둠 속에 비행선처럼 떠 있었다. 현관 문 앞의 등은 꺼져 있었다. 창문에는 두꺼운 커튼이 쳐져 있었다. 희미하게 흘러나온 불빛이 나무들 사이로 흩어졌다. 커튼 뒤로 사람들이 줄에 매달린 마리오네뜨처럼 움직였다. 창문은 어슷하게 열려 있었다. 열린 창문 틈으로 여자들의 웃음소리가 쏟아져 나왔다. 웃음소리는 높고 탄력적이었다. 달착지근한 음식냄새를 뚫고 유리잔들이 부딪치는 소리도 들렸다. 재즈 풍의 선율이 귀를 두드려댔다. 누군가 헤드라이트 불빛을 보았는지 커튼 뒤로 손을 내밀어 창문을 닫았다. 창가에 서 있던 사람들이 안쪽으로 사라졌다. 높게 울리던 웃음소리도 더 이상 들리지 않았다. 집을 둘러싸고 숲이 빼곡이 차 있었다. 나무 그림자들이 길게 집의 벽을 따라 흔들렸다. 단단하게 흙을 다지고 터를 닦지 않았으면 좀 위태로워 보였을 집이었다. 밑둥까지 잘려나간 등성이가 집 뒤로 파르라니 깎여 보였다. 헤드라이트 불빛이 베란다 뒤의 산등성이를 핥았다. 시동을 끄고 몸을 낮게 엎드렸다. 긴장하는지 등의 근육이 딱딱해지는 느낌이 들었다. 눈이 또다시 뻑뻑해져 왔다. 양복 주머니를 뒤졌지만 인공눈물은 보이지 않았다.

K가 날 찾아온 것은 3일전이었다. 수술이 끝나고 화장실에 들어가 눈을 헹구고 났을 때였다. 콧등이 낮은 환자의 융비술을 두어 시간 걸려 한 뒤라 좀 지쳐 있었다. 가운 팔 소매에 선연한 핏방울이 튀어 있었다. 핏자국이 묻은 소맷자락을 흐르는 물로 빨았다. 소매를 헹구고 있는 모습이 거울 속으로 흔들렸다. 물 묻은 소맷자락을 털어내고 고개를 쳐들었다. 비누로 손을 씻고 눈을 문질렀다. 다른 수술보다 코 수술을 하는 날은 부쩍 신경이 쓰였다. 개업의가 되고 나서 처음 수술을 했던 곳이 코였다. 이곳저곳에서 돈을 끌어와 병원을 열고 의료기계 리스 회사들로부터 기계를 빌렸다. 아내의 친정에서 담보를 해준 탓에 가능한 일이었다. 처음 말과 달리 아내의 친정에서는 담보를 기어이 돌려받을 작정이었다. 생각지도 않던 일이었다. 그건 자존심의 문제였다. 구걸하고 싶은 생각은 없었다. 그러나 앞을 보면 막막한 건 어쩔 수 없었다. 앞으로 얼마나 지나야 끌어온 돈들을 다 갚을지 자신이 없었다. 수술용 장갑을 끼고 메스를 들던 내 눈과 환자의 눈이 부딪쳤다. 여자 환자는 두려움이 뒤섞인 눈으로

나를 올려다보았다. 다른 곳에서 성형을 한 코가 부작용이 생겨 재수술을 받는 여자였다.

여자의 코끝은 거의 문드러져가고 있었다. 흐물거리는 살 사이로 실리콘이 이물스럽게 솟아나 있었다. 수술실이 아니라면 다시는 마주치고 싶지 않은 얼굴이었다. 그때 여자를 향해 알 수 없는 짜증이 솟구치던 걸지금도 잊을 수가 없다. 오후에 예약되어 있는 수술은 세 건이었다. 병원에서 나가면 제일 먼저 피트니스 센터에 들를 것이다. 러닝머신 위에서 아무 생각하지 않고 한 시간쯤 달리고 싶었다. 온몸이 땀에 젖고 근육이 당길 정도로 피로가 몰려왔으면 싶었다. 그리고 운이 좋다면 길 트레이너와한 잔 할 수도 있다. 표 간호사 모르게 가끔 길과 술을 마신 적이 있었다. 몇 번 같이 잔 표는 요즘 부쩍 내게 매달렸다. 표와 잔 건 분명 실수였다. 길은 동료 트레이너에게 양해를 구하고 옷을 갈아입고 나왔다. 길 트레이너는 만나면 만날수록 묘한 구석이 있는 여자였다. 그녀는 피트니스 센터 트레이너답게 언제나 몸에 대해서 화제를 삼았다. 길을 보고 있으면 그녀의 탄탄한 몸을 메스로 열어 들여다보고 싶은 충동을 느꼈다. 운동으로단련된 근육들과 조직, 세포들이 어떻게 자리잡고 있을지 머릿속에 그려보곤 했다. 길은 몸이야말로 이 시대의 최고의 아이콘이라고 말했다. 그녀가 나를 바라볼 때 눈빛은 좀 미묘하다. 마치 은행을 털러 가는 두 명의공범자처럼 긴장되고 스릴이 담긴 눈길이다.

─당신은 얼굴을 만들고 난 몸을 만들죠. 사람들은 점점 더 포장에만신경을 쓰고 그 외엔 관심도 없어요. 그래서 그리워져요. 그냥 야생의 날것들 말예요. 마치 에곤 실레의 그림을 보며 떠오르는 느낌 같은 것들. 그

사람 그림을 보면 말예요, 몸이 지닌 그 단순성에 기가 질려요. 얼마나 직설적이고 거침이 없는지 통쾌할 정도라니까요. 그 거친 붓질이 우리 안의 어떤 것을 건드리니까 도발되는 것 같아요. 이를테면 야성이나 금지된 것, 억압, 분노 같은 것들. 직업병이랄지 난 몸에 대해서 자주 생각해요. 우리가 타인과 소통할 수 없는 것도 몸을 갖고 살아가기 때문 아닐까요. 몸이 없다면 이렇게 이기적이 아닐 수도 있죠. 남한테 못되게 구는 것도 따지고 보면 이 몸을 먹여 살려야 하기 때문이잖아요. 영혼과 정신으로만 살아간다면 우리는 많이 너그러워질 거예요. 하지만 몸 없이 살아갈 수 없으니까 누구나 치사해지는 거예요. 잘 먹고 잘 살기 위해서 다른 사람쯤은 아무것도 아닌 것이 돼 버리죠.

길은 지겹다는 듯 머리를 흔들었다. 그녀는 자주 에곤 실레에 대해서 말했다. 에곤 실레의 그림을 본 적이 없던 나는 인터넷 서점에서 화집을 한 권 샀다. 화집을 넘기던 나는 점점 마음이 흔들리기 시작했다. 온통 뒤틀리고 비틀린 육체들이 나를 쏘아보고 있었다. 마치 보는 사람을 우롱하는 눈길이었다. 내가 보기에 에곤 실레처럼 몸을 극대화시킨 화가도 드물었다. 육체가 가지고 있는 비례의 아름다움은 뭉개져 있었다. 어디 볼 테면 봐봐라 하는 도발적인 표정의 누드 모델들의 몸들도 기이하기는 마찬가지였다. 검은자위를 한껏 치뜨고 있는 퀭한 눈, 연필심처럼 마른 몸, 철사같이 곤두선 털들, 발기되어 하늘로 치솟은 검붉은 성기가 마음을 흔들었다. 과장되고 부서지고 깨져버린 몸들이 나를 비웃었다. 나는 들여다보던 화집을 책상에 놓고 눈을 문질렀다. 에곤 실레처럼만 본다면 나와 같은 직업은 있을 필요가 없었다. 그림들은 나를 불편하게 했다. 그런

데도 마음을 끄는 게 있었다. 맥주 때문에 화장실을 들락거리던 길은 새벽이면 간다는 말도 없이 사라지고 없었다. 한 번도 그녀를 배웅해주거나 택시를 잡아준 적이 없었다. 바래다줄 기회를 노렸지만 그녀는 내 마음을 알기라도 하는 듯 홀연히 사라졌다. 생각할수록 이상한 여자였다.

소매가 젖은 수술가운을 벗고 원장실로 들어갔다. K는 회전 의자에 앉아 있다가 나를 보고 한 바퀴 돌았다. 그가 병원에 온 것은 처음이었다. 그의 눈길이 의자 너머를 보고 있었다.

—황금비군.

벽에 걸려 있는 다빈치의 인체 비율 그림을 보며 말했다. 그는 머리를 흔들었고 입맛을 다셨다. 그가 의자에서 일어나 소파에 가 앉았다. 시계를 보니 점심시간이 막 시작되고 있었다. 내가 맞은편 소파에 앉는 걸 보며 그가 입을 열었다.

—다빈치가 우주를 상상해서 그린 그림을 본 적이 있어. 축구공 모양이더군. 최근에 네이처지가 발표한 걸 들은 적 있나? 우주 모습이 12면체 축구공처럼 생겼다고 하더군.

—황금비는 사람이 동경하고 있는 아름다움을 보여주지.

—그럴까. 내 눈엔 너무 과장되었다는 생각이 들어.

문득 머릿속으로 에곤 실레의 그림들이 떠올랐다. K가 그 그림들을 본다면 어느 쪽이 더 과장되었다고 말할까 궁금해졌다. K가 내 쪽으로 몸을 기울였다. 노크 소리가 들리며 표 간호사가 녹차가 들린 쟁반을 들고 들어왔다. 가운 아래로 드러난 표의 날씬하고 긴 종아리를 K의 눈이 따라갔다. 표가 잔을 테이블에 내려놓을 때 가운 밑으로 불룩한 젖가슴이 들여다보였다. K의 눈이 그녀의 가슴에서 떠날 줄 몰랐다. 표는 나와 눈이 마주치자 입술을 살짝 비틀며 웃었다. 어느 늦은 밤 표의 손을 잡아끌었던 것도 저 웃음 때문이었다. 처음 표의 가운을 벗겼던 곳도 여기 원장실 소파였다. 표가 웃자 입술과 코 옆의 점이 따라 움직였다. 내가 몇 번이나 빼주겠다고 했을 때도 그녀는 거절했다. 표의 팬티를 벗기고 삽입하려고 했을 때 그녀는 내게 그 점들을 핥아달라고 했다. 혀가 점들을 따라 미끄러지자 표는 강아지가 끙끙대는 소리를 내었다. 점들은 어떻게 보면 은근히 그녀의 매력을 더 실어주는 것 같기도 했다. 특히 코 옆의 점은 그녀가 웃거나 콧잔등을 찡그릴 때는 귀엽게 보이기조차 했다. 표가 돌아서자 K의 눈길이 그녀의 등과 엉덩이를 타고 내려갔다. 침묵 속에서 우리는 차를 마셨다. 표를 쳐다보는 눈길이 마음에 들지 않았다.

―섹시한 여자군.

침묵이 부담스럽다는 듯 K가 말했다. 그가 연락도 없이 병원에 들른 것이 궁금했다. 서로의 일터를 찾아다닐 만큼 친한 사이는 아니었다. 유엔빌리지 부근에서 엔틱 가구점을 한다는 K와는 이제껏 몇 번 만나지도 않았다. 내가 가끔 만나 술을 마시는 리스 회사 부장의 후배라고 들었다. 부장과 술을 마실 때 K와 몇 번 어울린 적이 있었다. 재밌게도 나와 같은 학번이었다. 서로 말을 놓았지만 술자리 이외는 만난 적이 없었다. 부장의 손에 이끌려 들어간 곳은 어떤 지하 술집이었다. 우리와 서너 번 만나 술을 마실 때마다 K가 데려오는 여자들은 얼굴이 달랐다.

괜찮은 여자도 있었지만 대개는 마음에 차지 않았다. 내 눈을 만족시키는 여자는 아주 드물었다. 그런 여자들을 보고 있으면 불현듯 직업병이 도졌다. 조금만 손대면 보기 좋아질 여자들도 꽤 있었다. 다른 생각을 하려고 해도 잘되지 않았다. 어느새 나는 여자들의 피부와 조직을 절개하고 잘라내고 이어 붙이고 있었다. 내 머릿속은 메스를 들고 움직이느라 상대방의 말을 놓칠 때가 종종 있었다. K가 나를 빤히 쳐다보았다. 무언가 내게 질문을 하고 기다리는 눈이었다. 뭐라고 했나? 물어보자 파티에 자네를 초대하고 싶은데, 하고 다시 물었다. 부장은 화장실에 가고 없었다. 무슨 파틴데? 내가 관심을 보이자 K가 비밀 얘기라도 하는 것처럼 몸을 기울였다. 부장이 돌아오고 있었다. K는 빠르게 말했다. 가끔 열리는 파티가 있어. 초대받아야만 갈 수가 있지. 자네도 좋아할 거야. 기다리게. 내가 연락을 줄 테니까. 부장이 자리에 앉자 화제가 바뀌었다. K에게 미안하지만 난 곧 그 말을 잊어버렸다. 술자리에서 흔하게 이루어지는 약속이었다. 다음날 술이 깨면 생각도 나지 않을 약속 말이다. 부장이 과로로 입원하면서 빈번하게 이루어지던 술자리도 사라졌다. 자연히 K를 만날 일도 없었다. 나는 그가 내게 그런 약속을 했는지도 생각나지 않았다.

－답답하지 않나?

K가 눈을 반짝이며 나를 보았다. 표의 가슴을 들여다보는 눈빛이었다.

－다 마찬가지 아닌가.

－그 전에 얘기했던 파티 말인데, 날짜가 잡혔네.

캄캄한 차에 앉은 채 난 숨을 죽였다. K가 시킨 대로 앉아서 기다릴 작정이었다. 그러면 곧 무슨 일이고 벌어질 것이다. 시동도 끄고 휴대폰 배터리도 방전되어 시간은 알 수 없었다. 그러나 귀로는 연신 시간이 흘러가는 소리가 들렸다. 무언가를 기다린다는 일처럼 좀이 쑤시고 지루한 일도 드물 것이다. 아침부터 저녁까지, 태어나서 죽을 때까지 기다리지 않는 게 무언가. 밥을 기다리고 사랑을 기다리고 돈을 기다리고 죽음을 기다린다. 기다리는 일은 그래서 고독하다. 지쳐 쓰러지기 전에 그것이 나를 찾아왔으면. 그러나 그것이 무언지 나는 알 수가 없다. 물론 K도 알려주지 않았다. 펜션 앞에 도착해서 시동을 끄고 앉아 있으면 된다고 했다.

생각해보면 어처구니가 없었다. 도대체 내가 무슨 짓을 하고 있는 걸까. 몇 번 만났을 뿐인 사람 말을 듣고 이 먼 곳까지 달려오다니. 평소의 나라면 있을 수 없는 일이었다. 그러나 문을 연 지 오 년이 넘도록 병원 적자는 줄지 않았다. 리스 회사로 나가는 이자는 매달 통장으로 빠져나갔다. 개업할 때 들어온 기계들은 조금씩 낡아갔다. 하루가 다르게 좋은 기계들이 나오고 있는 세상이었다. 새 기계를 들여와야 한다면 지금까지 쌓인 적자는 그대로 안고 가야 했다. 목이 좋은 다른 곳으로 옮기지 않는다면 조만간 병원이 문을 닫을 건 뻔했다. 더구나 처가에서 담보물까지 돌려달라고 하지 않는가.

또 표 간호사 일도 성가셨다. 손톱에 박힌 작은 가시 같은 표. 그녀와 잔 건 심심풀이 정도였지 다른 뜻은 없었다. 병원에 처음 다니기 시작할 때부터 표는 유혹적이었다. 나를 볼 때마다 눈웃음치고 가슴이 드러나는 포즈를 취하고 허리를 비틀어대지 않았던가. 아니, 아닐 수도 있다. 사람은 누구나 자기 방어적이다. 내가 먼저 그녀에게 손을 뻗었을 수도 있다. 어쨌든 지금은 그것이 중요한 것이 아니다. 며칠 전 내게 보인 표의 행동이 자꾸 꺼림칙한 생각을 만들었다. 그날은 아내의 친정에 가서 장인과 저녁을 먹기로 한 날이었다. 처가에 가야 된다는 생각에 아침부터 기분이 무거웠다. 다른 간호사들이 점심을 먹으러 간 사이 표가 원장실 문을 밀었다. 그녀는 의자에 앉아 있는 내게 곧장 걸어왔다. 표는 대담하게 내 바지 속으로 손을 밀어 넣었다. 그녀의 손가락이 지퍼를 내리려고 했다. 그녀와 장난칠 기분도 아니었고 그런 태도가 거슬렸다.

－무슨 짓이야?

－현관문도 잠갔어요. 지금 우리 둘뿐이에요.

그녀가 속삭이며 귓바퀴 안으로 혀를 밀어 넣었다.

－그만두지 못해. 여긴 병원이야.

－언제는 병원에서 안 했나요?

표가 기분이 상한 듯 내게서 떨어졌다.

－전 원장님이 원하는 줄 알았어요. 원장님은 원할 때 언제나 할 수 있고 저는 그렇지 못하죠. 뭔가 부당해요. 원장님은 지난주부터 절 피하기만 하잖아요.

표는 곧 울음이라도 터트릴 표정이었다. 그녀에게 돈이라도 집어주지 않은 게 실수가 아닐까. 리스 회사 부장이 말하지 않았던가. 여자와 독한 연애에 빠지는 것을 경계하라고 말이다. 예전처럼 순수한 마음으로 연애만 즐길 수 있는 여자는 씨가 말랐다고 말이다. 표에게 애인이 있다는 말을 듣고 안심했는데 그 말도 거짓일 수 있다. 아니 애인이 있는데 나와 쉽게 잘 수 있는 여자라면 다른 어떤 짓도 할 수 있다. 표가 내게 원하는 것은 무엇이란 말인가. 설마 다른 간호사들에게 떠벌린 건 아닐까. 그랬다가는 큰일이다. 아내의 귀까지 들어가는 건 시간문제고 곧 장인도 알게 될 것이다.

창문 두드리는 소리에 놀라 고개를 쳐들었다. 그새 긴장이 풀렸는지 잠시 어리둥절했다. 자동차 밖에 누군가 서 있었다. 퍼뜩 펜션을 쳐다보니 좀 전까지 희미하게 빛이 흐르던 그곳은 어둠에 파묻혀 있었다. 달이 사라졌는지 사방이 침침했다. 어둠의 깊디깊은 결이 사방에서 수런거렸다. 그처럼 끔찍한 어둠을 만나는 것은 처음이었다. 나는 엉겁결에 문을 열고 밖으로 내렸다. 보이지 않아서 자꾸 걸음이 어긋났다. 어둠 속에 몸을 숨기고 있는 사람은 여잔지 남자인지 알 수가 없었다. 여자가 아닐까 생각한 것은 긴 머리채가 휘릭 스치는 소리를 들어서였다. 여자의 숨결이 코앞에서 느껴졌다.

여자가 내 손을 더듬더듬 붙잡았다. 작고 부드러운 촉감으로 내 생각이 맞았다는 걸 알았다. 여자는 내 손을 붙들고 끌어갔다. 손가락이 무언가에 닿았다. 손 밑으로 보드랍고 따뜻한 감촉이 느껴졌다. 아마도 입술이지 싶었다. 여자에게 한 손을 붙잡힌 채 나는 거의 무방비 상태였다.

여자가 내 손을 잡아끌었다. 여자와 나는 서로의 손을 잡은 채 어둠 속을 헤쳐 걸어가기 시작했다. 어둠 때문인지 귀로 모든 신경이 모아졌다. 내 바짓단이 스치는 소리만이 간헐적으로 들려왔다. 여자에게선 아무 소리도 들리지 않았다. 단지 여자가 이끄는 대로 걸음을 옮겼다. 여자는 어둠 속을 걷는 일이 조금도 낯설지 않다는 듯 몸을 움직였다. 이곳이 익숙하지 않다면 저런 걸음걸이는 나올 수 없을 것이다. 발이 계단 턱에 닿았다. 여자가 내 손을 붙잡은 채 먼저 올라섰다. 조금도 망설임 없는 걸음걸이였다. 넘어지지 않도록 바닥을 더듬거리며 겨우 계단에 한 발을 올려놓왔다. 다리가 후들거리며 그 자리에 주저앉을 것 같았다. 무엇에 홀린 것 같았다. 홀리지 않았다면 어둠 속을 낯선 여자에게 손목이 잡힌 채 끌려가고 있지는 않을 것이다. 나는 계단을 올라가고 있는 여자를 향해 버럭 소리를 질렀다.

-K는 어딨어요?

여자는 대꾸가 없었다. 계단을 다 올라섰는지 여자가 잠시 숨을 고르는 것 같았다. 여자가 몸을 돌려 나를 돌아다보는 것 같았다. 이윽고 마음을 정한 듯 여자가 나를 잡아끌었다. 손잡이가 달그락거리는 소리가 들리고 문이 열리는 기척이 느껴졌다. 여자에게 붙잡힌 채 나는 안으로 들어섰다. 실내도 어둡기는 마찬가지였다. 현관인 것 같은 곳에서 구두를 벗었다. 벗은 게 아니라 거의 팽개치다시피 벗어 던졌다. 한 손은 여전히 여자에게 붙잡힌 채였다. 여자가 내 손을 잡아끌었다. 나는 여자가 이끄는 대로 걸어갔다. 어둠 속에서 공기의 밀도가 단단하게 느껴졌다. 허우적거리며 겨우 앞으로 나아가고 있는 것 같았다. 이마로 땀이 배어 나오고 있었다. 숨이 가빠오고 무엇보다 가슴이 세차게 펄떡거렸다. 어둠 속에서 작게 웃는 소리가 들렸다. 누군가 낮게 소곤거리는 목소리도 들렸다. 수런거림이 공기를 흔들며 퍼져나갔다. 급기야 어디선가 참을 수 없다는 듯 킥킥거리며 웃었다. 그러나 그뿐이었다. 다시 사람들은 작게 속삭였고 낮게 웃었다. 어둠 때문에 확실히 알 수는 없지만 적지 않은 사람들이 모여 있는 것 같았다.

여자가 한 방으로 나를 이끌었다. 여자는 문을 닫고 익숙한 걸음으로 발을 디뎠다. 불을 붙였는지 어둠 속에서 작은 불꽃이 일었다. 창가에 세

위놓은 초에 불을 붙인 것이다. 사방의 윤곽이 조금씩 밝아져왔다. 여자가 등을 돌리고 창가에 서 있었다. 검고 긴 머리채가 허리 아래에까지 늘어져 있었다. 둥글고 탄탄한 엉덩이가 먼저 눈으로 튀어 들어왔다. 왜 여자에게서 옷이 스치는 소리가 들리지 않았는지 알 수 있었다. 여자는 몸에 아무것도 걸치지 않았다. 잘록하고 군살이 없는 허리를 여자가 천천히 돌렸다. 실리콘을 넣은 것처럼 팽팽한 젖가슴은 탄력적이었다. 그러나 칼을 댄 것 같지 않았다. 여자의 거웃은 거의 없었다. 면도를 했는지 작은 삼각주를 이룬 것 말고는 보이지 않았다. 여자가 내게 다가왔다. 일순 긴장이 일며 몸이 떨리기 시작했다. 어쨌거나 아직 건강하다는 증거일 것이다. 여자가 입술을 오므리며 낮게 웃었다.

여자는 목에 걸린 넥타이를 벗겨내었다. 넥타이가 바닥에 툭 떨어졌다. 여자는 양복 윗저고리를 벗겨내고 와이셔츠 단추를 풀었다. 바지 버클에 여자의 손가락이 닿았다. 여자는 손짓으로 바지를 벗으라는 시늉을 해보였다. 여전히 한마디도 하지 않았다. 말을 하면 안 된다는 규칙이라도 있는 걸까. 나는 서둘러 바지를 벗어 던졌다. 내 발 밑에는 옷들이 쌓여갔다. 여자는 팬티를 벗으라고 손짓을 했다. 지나치게 긴장을 하고 있어서인지 발기는 일어나지 않았다.

몸에서 옷들이 다 벗겨지자 여자가 내 등을 밀었다. 나는 여자에게 이끌려 방을 나섰다. K는 지금 나와 무슨 게임을 하자는 건가. 어디에선가 그가 나를 보고 있을 것 같아 두리번거렸다. 여자가 나를 데리고 나온 곳은 거실이었다. 조도가 낮은 간접조명이 들어와 있었다. 불빛이 어두워 얼굴을 알아보는 건 힘들었다. 사람들은 여자나 나처럼 모두 벌거벗은 채였다. 등을 곧게 펴고 배에 힘을 주었다. 수치심이 들기는커녕 오히려 담담해졌다. 사람들은 여기저기에 흩어져 있었다. 앉아 있는 사람도 있었고 소파에 비스듬히 누워 있는 사람들도 있었다. 유리잔을 들고 술을 마시는 사람도 있었고 음악을 듣는 사람도 있었다. 음악은 재즈에서 비트가 강한 락으로 바뀌어 있었다. 음악소리가 심장을 때리며 울려대고 있었다. 누구도 내게 관심을 쏟는 사람은 없었다. 나를 쳐다보는 사람도 없었고 말을 거는 사람도 없었다.

보이는 게 다 벌거벗은 사람들이었다. 젊은 축들은 근육이 불거져 있어 제법 공을 들인 모습이었다. 그러나 대부분의 남자들은 배가 튀어나오고 허벅지와 허리 살이 두툼했다. 여자들의 몸도 가슴이 볼품이 없거나 엉덩이가 처진 사람들이 많았다. 날씬하고 탄탄한 몸을 가진 여자들은 몇몇에 불과했다. 그런데도 사람들은 조금도 기가 죽거나 움츠려 있지 않았다. 모두가 생생하고 야성적이었다. 소파에 앉아 있던 여자가 웃음을 티트리며 고개를 쳐들었다. 배꼽에 달린 링 피어싱이 흔들렸다. K를 찾으려고 사람들 하나 하나를 꼼꼼하게 살폈다. 어디선가 그가 나를 보고 있지 않을까 주의 깊게 휘둘러보았다. 그러나 흐린 불빛 속에서 K를 알아보는 건 불가능해 보였다. 더구나 벗은 몸들은 비슷해 보이기까지 했다.

여자가 술병과 유리잔을 가져다주었다. 위스키였다. 몇 잔을 거푸 들이켰다. 유리잔에서 넘친 술이 손가락을 타고 흘러내렸다. 거실 한쪽의 탁자에 위스키 병과 얼음이 담긴 통과 잔들이 늘어져 있었다. 여자는 내게 볼일이 끝난 듯 벽난로 쪽으로 가버렸다. 페치카에 기대 서 있던 남자가 여자의 팔을 감았다. 둘은 몸을 붙이고 한동안 시시덕거렸다. 잔이 비자

탁자로 가서 술을 따랐다. 연거푸 몇 잔을 들이켰다. 창가로 걸어갔다. 닫혀진 창문을 밀고 밖을 내다보았다. 밖은 여전히 어두웠다. 사방에서 축축한 습기가 느껴졌다. 어둠 속으로 안개가 몰려와 있는 중이었다.

급하게 술을 들이켰는지 몹시 어지러웠다. 누군가 작게 웃는 소리가 들렸다. 문득 뒤를 돌아보았다. 머리를 틀어 올린 여자가 내 허리에 팔을 감았다. 여자의 숨결에서 술 냄새가 묻어 났다. 눈을 부릅떠도 여자의 얼굴이 잘 보이지가 않았다. 여자의 손에도 유리잔이 들려 있었다. 검은 생머리를 틀어 올려서 젠더 스타일의 빗을 꽂았다. 목에는 검은 목각인형의 펜던트가 흔들렸다. 마치 잉카처녀 같은 모습이었다. 검은 유두가 흰 젖가슴 위에 새 발자국처럼 찍혀 있었다. 기이하게 낯선 느낌은 들지 않았다. 그건 꼭 여자만이 아니었다. 거실, 희미한 조명, 유리잔이 부딪치는 소리, 웃음소리, 이 모든 것이 전혀 낯설지가 않았다. 예전에 이곳에 와 본 적이 있었던 것만 같았다. 모든 게 술기운 탓일 수도 있었다. 여자와 나는 서로의 몸에 기대서 비틀거렸다. 누가 먼저랄 것도 없이 웃음이 터져나왔다. 바에다 두 사람이 마시던 유리잔을 내려놓았다. 뒤에 놓던 유리잔이 맥없이 쓰러지며 바닥으로 떨어졌다. 여자와 나는 킬킬거렸다. 순간 통쾌한 어떤 감정이 나를 스치고 지나갔다. 한 번도 이렇게 온몸을 드러내고 다른 사람 앞에 서 본 적이 없었다. 아내와도 마찬가지였다. 섹스를 하기 전 언제나 아내는 침실의 불을 모두 껐다. 어둠 속에서 아내의 몸을 안는 건 고역이었다. 볼 수 없기 때문에 사실 아무런 욕망도 일지 않았다. 섹스란 남자들에겐 보는 열망이란 걸 아내는 결코 알지 못했다. 어둠 속에서 수술 중 절개한 여자들의 콧잔등과 벌어진 턱과 살을 떼고 있는 엉덩이를 떠올리며 허리를 움직였다. 피가 묻은 라텍스 장갑을 벗을 즈음 겨우 사정을 했다.

잉카처녀와 뒤얽혀 다른 곳으로 몸을 움직였다. 방 여기저기에 붉은 소파들이 놓여 있었다. 창은 무겁고 두터운 검은 커튼으로 가려져 있었다. 천장을 따라 작은 할로겐 램프가 유성처럼 깜박이고 있었다. 소파에는 이미 사람들이 뒤얽혀 있었다. 그 모습들은 기괴했다. 마치 에곤 실레가 그리다 던져둔 누드들처럼 뒤틀려 있었다. 다리가 어깨가 엉덩이들이 제 멋대로 섞인 채 엉키고 있었다. 하늘을 향해 두 다리를 벌리고 누운 여자는 실레의 그림 속에서 걸어나온 모습 그대로였다. 사람들이 내지르는 신음과 비명 소리가 없었다면 그들은 살아 있는 것 같지 않았다. 여자와 난 사람들 사이를 헤쳐 걸어갔다. 간신히 비어 있는 소파 하나를 찾았다. 여자가 내 위로 올라타더니 입술을 빨았다. 저돌적인 키스였다. 저항할 틈도 없었다. 여자의 입술이 가슴부터 배꼽까지 죽 타고 내려갔다. 사타구니에 멈춘 여자의 혀는 불알을 핥기 시작했다. 여자의 입은 침이 많았다. 타액이 끈끈하게 들러붙었다. 여자의 입술이 성기를 물었다. 여자는 손으로 성기를 붙잡고 혀로 툭툭 건드렸다. 살짝 이로 물었다가 다시 입 속으로 미끄러뜨렸다. 여자는 성기를 붙잡고 빨기 시작했다. 여자의 입술에서 흘러나온 침이 다리에 떨어졌다. 뜨거운 촛농이 떨어지는 것처럼 몸이 떨렸다. 강한 쾌감에 다리가 마비되어 왔다. 파도에 휩쓸린 듯 머리가 몹시 어지러웠다. 술병을 들고 온 여자가 무얼 타 가지고 온 건 아닐까. 그런 의심도 들었다. 그렇지 않으면 이런 원시적인 파괴의 느낌은 무엇일까. 극도의 강한 쾌감은 고통을 일으켰다. 그건 아내를 안을 때도 표를 안을 때도 또 기억 속에 사라진 다른 여자들을 안을 때도 들지 않던 느낌이었다. 내 숨소리가 거칠어지자 잉카처녀가 고개를 쳐들었다. 여자의 입술은 웃고 있는 것 같았다. 순간 이상한 기분에 휩싸였다. 내가 내 몸에서 떨어져 나오는 것 같은 느낌이었다. 분리된 또 하나의 내가 잉카처녀와 엉겨 있는 나를 보고 있었다. 그것은 섹스가 아니었다. 교접이었다. 그건 흘레일 뿐이었다. 나는 잉카처녀를 물어뜯었다가 목을 졸랐다가 혀로 핥았다가 뺨을 때리기도 했다. 손에 축축하게 묻어 있는 건 피가 분명했다. 잉카처녀가 비명을 질러대었다. 그러나 아무도 우리를 돌아보지 않았다. 희미한 불빛이 떨어지는 그 방은 사람들이 내지르는 쾌감소리와 비명과 신음소리와 광기와 피와 눈물과 고통으로 가득했다. 여자의 유두를 물어뜯은 어느 순간 잉카처녀의 얼굴이 아내로 보였다가 표로 보였다가 길 트레이너로 바뀌었다. 나는 수술복으로 갈아입고 복도를 걸어갔다. 방에 불이 들어오고 수술대에 한 여자가 누워 있었다. 얼굴이 텅 빈 여자였다. 이윽고 코가 솟았고 눈과 입이 솟아 나왔다. 여자는 잉카처녀가 되었다가 아내의 얼굴이 되었다가 표나 길 트레이너로 마구 변했다. 메스를 쥔 손이 흔들렸다. 여자의 살갗을 떠내고 지방층을 가르고 혈관을 절개하고 있는 손가락이 보였다. 여자의 다리를 높이 쳐들었다. 검은 음모 밑으로 소음순이 처져 있었다. 클리토리스를 만져도 여자는 반응이 없었다. 날카로운 메스를 깊숙이 여자의 질로 들이밀었다. 여자가 비명을 지르며 몸을 뒤틀었다. 기쁨인지 슬픔인지 고통에 찬 비명소리인지 분간이 되지 않았다. 한 손으로 여자의 몸을 누르고 더 깊이 질 속으로 메스를 디밀었다. 툭툭, 살이 갈라지는 소리가 들렸다. 손으로 붉은 피가 터져 나왔다. 잉카처녀가 와락 몸을 솟구치더니 내 귀를 물었다. 섬뜩한 쾌감이 등허리를 관통했다. 피로 범벅이 된 채 나는 여자의 몸 위로 나가떨어졌다. 방안의 모든 소리가 소용돌이가 되었다. 어떤 게 나와 여자가 내는 소리인지 알 수 없었다.

새소리에 눈이 떠졌다. 나는 운전석에 앉아 있었다. 땀을 몹시 흘린 듯 등과 얼굴이 척척했다. 아침 햇살이 엷게 퍼져나갔다. 다리가 딱딱하게 굳어져 있었다. 믿을 수가 없어 주위를 둘러보았다. 눈앞에 펜션이 보였다. 차 문을 열고 내렸다. 오랫동안 굳은 관절이 저려왔다. 얼마나 차 속에 앉아 있었던 것일까. 환한 햇살을 받고 있는 흰색의 펜션은 성채처럼 튼튼해 보였다. 아무리 벨을 눌러도 문은 열리지 않았다. 신선한 햇살이 무심하게 나무 데크로 떨어지고 있었다. 지난 밤 K를 만난 것일까. 나는 저 펜션에 들어간 것일까. 그곳에서 누군가를 만난 것일까. 도대체 무슨 일이 벌어졌던 것일까. 아무리 머릿속을 더듬어도 어떤 기억도 나지 않았다. 퓨즈가 나가버린 두꺼비집처럼 기억은 그대로 암전이었다. 나는 차 속에서 깨어났고 아침 햇살이 따가워 몸을 일으킨 것이다.

주변을 둘러보다가 포기하고 차로 기어 들어갔다. 배터리가 나가버린 휴대폰은 뒷좌석에 던져져 있었다. 대시보드에 올려놓은 담뱃갑을 뒤졌다. 누군가 줄담배를 태운 듯 똥대 하나 남아 있지 않았다. 어쩌면 내가 태운 것일지도 몰랐다. 빈 갑을 구겨 땅으로 던져버리고 시동을 걸었다. 지금쯤 아내는 연락 없이 외박을 한 내게 화를 내고 있을 것이다. 빌어먹을. 차를 돌려 언덕길을 급하게 내려가기 시작했다.

감염

1

　서울에서 한 시간이 걸리는 그 도시로 이사를 온 것은 6월이었다. 나무
들의 수액이 진해지고 있었고 공기에서 옅은 물비린내가 났다. 나를 데리
고 부동산 사내는 하천 길을 걸어갔다. 산들바람이 제법 불어와 머리칼
을 날렸다. 기분 좋은 초여름의 오후였다. 하천은 깨끗했다. 사내의 뒤를
따라 돌계단을 내려왔을 때 이급수 하천이라는 푯말이 보였다. 경기도 수
질관리과에서 관리하고 있는 듯 오염투기자는 엄단한다고 써 있었다. 물
이 흘러가는 가장자리를 따라 풀들이 사각이고 있었다. 나무의 씨앗이
멀리 날아왔는지 키 작은 수양버들이 돌 틈에 자라고 있었다. 어린아이의
헛바닥 같은 잎새들이 바람에 뒤척였다. 한 아이가 쪼그리고 앉아 흘러가
는 물을 바라보고 있었다. 아이의 흰 멜빵바지에는 풀물이 들어 있었다.

아이는 작은 돌멩이를 주워 하천으로 던졌다. 따분한 동작이었다.

4층의 계단식 아파트였다. 현관 입구를 따라 붉은 찔레꽃이 피어나고 있었다. 일층 베란다를 타고 오르는 넝쿨장미도 보였다. 목가적인 분위기였다. 아파트 뒤는 숲이었다. 오리나무나 상수리나무 잎사귀가 축축 늘어져 있었다. 단지는 조용했고 오후의 졸음에 빠져 있는 듯했다. 밖에서 노는 아이들은 보이지 않았다. 문득 좀 전에 하천 둑에 앉아 있던 아이가 생각났다. 흘러가는 물을 무료하게 바라보던 아이의 등도 떠올랐다. 아파트는 정적에 싸여 있었다. 어디선가 가느다랗게 고양이 울음소리가 들렸다. 내가 아파트가 조용하네요 하자 부동산 사내가 말했다. 맞벌이부부나 혼자 사는 사람들이 많아요. 낮에는 대부분 비어 있을 거예요. 나는 사내의 뒤를 따라 계단을 올라갔다. 당연하게도 엘리베이터가 없었다. 층계를 올라가면서 부동산 사내가 말했다. 이 동에는 경비실이 없고 옆 동에 있다. 하지만 별로 불편할 일은 없을 것이다. 워낙 조용한 동네다. 대신 관리비가 적게 나온다. 나는 사내의 뒤통수에 대고 고개를 끄덕였다. 직장에 나가면 낮에는 대개 비어 있을 집이었다. 밤에 돌아와 문을 걸고 자면 그만이었다. 경비실이 없어도 상관없을 듯했다.

그날 계약을 했다. 오후에 잠시 자리를 비우고 나온 참이었다. 되도록 오늘 모든 일을 끝내고 싶었다. 혹시 몰라 계약금과 도장을 가져온 게 다행이었다. 집주인이라고 불려 나온 여자는 조금 허둥거렸다. 부동산 사내의 눈치를 보는 듯했고 나를 똑바로 쳐다보지 않았다. 집 문제로 꽤 속을 썩인 듯 부동산 사내에게 몇 번이나 고맙다고 했다. 부동산 사내의 말과는 달랐다. 내놓은 지 며칠밖에 안 된 집이라고 했는데. 집주인은 다른 단지에 살고 있다고 했다. 지금 계약하려는 집에서 한 번도 살아보지 않은 듯했다. 이제까지 쭉 세를 주었다고 한 걸 보면. 집주인 여자가 허둥거리는 모습이 약간 께름직했다. 내가 망설이는 걸 봤는지 부동산 사내가 말했다. 운이 좋으신 거예요. 요새 이 동네서 전세 매물 찾기가 보물찾기보다 더 힘들어요. 부동산 사내가 웃으면서 계약서를 내려놓았다. 계약을 하면서 망설인 것은 처음이었다. 하지만 집은 깨끗했다. 학원 강사인 여자가 혼자 산다는 집 내부는 청결했다. 침대 위에 놓여 있던 커다란 곰 인형이 나를 향해 미소를 지었다. 왠지 남의 사생활을 엿보는 것 같아 눈을 돌렸다. 안방에 커다란 침대가 있고 다른 가구는 없었다. 그래서 안이 넓어 보였다. 평수에 비해 베란다도 두 개였다. 하나는 안방과 맞닿아 있고 다른 하나는 주방 쪽에 있었다. 창에는 아이보리색 커튼이 드리워져 있었다. 뒤쪽 베란다 문을 열자 나뭇가지가 손에 잡힐 듯 다가왔다. 코 속으로 싸한 나무 비린내가 밀려들었다.

하지만 신경 쓰이는 게 있었다. 학원 강사가 그 집에서 채 일 년도 살지 않았다는 거였다. 왜 계약 기간의 반도 채우지 않았을까. 그걸 묻자 집주인이 또 허둥거렸다. 학원 강사인 여자가 사정이 생겨 급히 오빠 집으로 들어간다. 그래서 내놓게 되었다. 자꾸 눈길을 피하는 집주인이 찜찜했다. 그때 휴대전화가 울렸다. 회사였다. 벌떡 일어나 부동산 사무실 바깥으로 나갔다. 통화를 하면서 무심코 유리창 안쪽을 보았다. 집주인 여자와 부동산 사내가 마주보고 있었다. 집주인 여자가 무릎에 얹은 손가락을 계속 주무르고 있었다. 회사와의 통화를 서둘러 끝내고 단지를 둘러보았다. 조용했다. 내가 바라던 것도 이런 조용함이었다. 그게 아니면 저 지굿지굿한 서울을 왜 떠난단 말인가. 게다가 얼마 전에 헤어진 연수가 살고 있는 서울에서 한시라도 빨리 벗어나고 싶었다. 나는 사실 더 멀리 도망치고 싶었다. 연수가 뱉어내는 공기를 마신다고 생각하면 싫었다. 마음 같아서는 제주도나 흑산도쯤이면 좋을 것 같았다. 하지만 직장에 매여 있으니까 어쩔 수 없었다. 암튼 서울을 떠날 수 있다는 데 만족하기로 했다.

2

천장에서 뛰는 소리가 들린 것은 새벽 한 시쯤이었다. 어린아이의 발소리 같았다. 콩콩콩. 몸집이 그리 크지 않은 아이 같았다. 낮이라면 주위의 소음에 묻혀 잘 들리지도 않을 것 같았다. 그러나 지금은 몇 시인가. 눈을 쓸어 내리며 야광시계를 보았다. 콩콩콩. 적당한 리듬을 타고 뛰는 소리는 눈꺼풀에 묻어 있던 잠을 빼앗아갔다. 어기적거리며 몸을 일으켰다. 방광이 터질 것처럼 조여왔다. 전날 팀 회식에서 조 과장 때문에 급하게 들이킨 맥주가 원인인 것 같았다. 조 과장은 나와 입사 동기였다. 약삭빠르고 비위가 좋아 승진이 빨랐다. 다른 팀에 있을 때는 데면데면 지냈다. 문제는 그가 우리 팀으로 오고서부터였다. 조 과장은 툭하면 술자리를 만들었다. 그리곤 빨리 일어나려는 나를 불러 앉혔다. 조 과장은 그런 자리에서조차 내가 깍듯하게 상사로서 대접해주기를 바랐다. 점점 그를 대하기가 불편했다. 나는 앞에 놓인 잔을 빠르게 비웠다. 취기가 올라오면 맞은편의 조 과장을 덤덤하게 바라볼 수가 있었다. 내가 어느 날 로또에 당첨되거나 뜻밖의 유산을 물려받지 않는다면 달라질 리 없는 생이었다. 그러나 사실 그런 행운이 올 거라고는 기대하지 않았다.

멍한 상태로 화장실에 들어가 오줌을 누었다. 몸이 흔들려 한 손을 타일 벽에 짚었다. 벽은 선득했다. 오줌이 쫄쫄 변기로 떨어졌다. 고개를 꺾어 천장을 바라보았다. 위에서는 여전히 아이가 뛰어다니고 있었다. 대여섯 살 정도의 아이 발소리였다. 아이는 좁은 마루와 안방을 다람쥐처럼 내달렸다. 어른의 발소리처럼 쿵쿵거리지도 않고 묵직하지도 않았다. 콩콩콩 뛰는 것이 공이 굴러가는 소리 같기도 했다. 운동장도 아니고 비좁은 아파트를 달리느라 너도 참 갑갑하겠다고 생각했다. 누가 이 시간에 아이를 뛰게 하는가. 고개를 떨구며 손으로 얼굴을 문질렀다. 무시한다면 그냥 참을 만한 소리였다. 하지만 연수라면 어땠을까. 펄펄 뛰다 못해 벌써 한 차례 소동을 일으켰을 것이다. 아직도 연수를 잊지 못하는가. 나는 숙취로 지끈거리는 머리를 흔들었다. 목이 타 냉장고로 향했다. 가로등 빛 아래 흰색 냉장고가 푸르스름하게 서 있었다. 물을 따라 마신 뒤 곧장 침대로 가 엎어졌다.

잠결에 무슨 소린가에 놀라 퍼뜩 눈을 떴다. 어디선가 어린애가 울고 있었다. 약하고 작은 흐느낌이었다. 비둘기가 우는 것도 같고 고양이 울음소리 같기도 했다. 울음소리는 그칠 듯하다가 끈덕지게 이어졌다. 이불을 끌어당겨 머리에 뒤집어썼다. 그날은 내가 이사한 지 삼 일째 밤이었다.

3

역 앞에는 자전거 보관소가 있었다. 전철을 타는 사람들이 많이 이용하는 듯 빽빽하게 서 있었다. 그 주말에 역 근처 가게에서 자전거를 샀다.

역에서 아파트까지는 하천 길을 달려 10분 거리였다. 이른 아침이나 늦은 밤에 얼굴에 바람을 맞으며 페달을 밟았다. 자전거를 타고 온 첫날 아파트에 도착하자 세울 곳을 찾아 두리번거렸다. 하지만 역과 달리 마땅한 곳이 없었다. 낡은 아파트라 보관소 따위는 보이지도 않았다. 우편함 옆으로 몇 대가 기대져 있길래 나도 그 옆에 세웠다.

오늘도 전철에서 내리자 자전거에 앉았다. 하천 길을 따라 달렸다. 페달을 밟는데 어디선가 밤새가 울고 있었다. 저 새는 혼자일까. 문득 그런 생각을 했다. 아파트에 도착하자 우편함 옆의 벽에 기대놓았다. 발을 끌고 계단을 올라갔다. 내가 세 든 집은 삼층이었다. 계단을 사이에 두고 두 집이 마주보고 있다. 이사한 지 보름이 지났지만 누구와 마주친 기억이 없다. 계단에서도 현관에서도. 하긴 그럴 수밖에 없을 것이다. 아침 여섯 시면 집을 나갔고 대개 한밤중에나 돌아왔다. 좀처럼 사람을 만날 수 없는 사이클이다. 아침은 먹지 않고 점심, 저녁은 모두 바깥에서 해결한다. 일주일의 반이 회식이라 안주가 곧 식사였다. 아침에 와이셔츠를 입으며 보니 배가 나오고 있었다. 매일 바깥에서 먹는 고칼로리 음식 때문인 모양이었다. 연수라면 이런 배를 그냥 두고 보지는 않았을 것이다. 당장 배의 살집을 쥐며 얼굴을 찡그리겠지. 이마에 가로 주름을 만들며 이렇게 말할 것이다. 배 나온 남자 싫더라. 또 연수인가. 넥타이를 매던 손을 멈추고 우두커니 서 있었다. 누가 내 배를 만진 듯 싸르르했다.

느리적느리적 계단을 밟았다. 구두 뒷굽이 층계에 부딪치며 울렸다. 아파트는 조용했다. 단지를 지나가는 차 소리가 드문드문 들렸다. 이곳으로 이사한 후 회식 후 우리 집으로 가자는 사람은 이제 없었다. 회사 근처

오피스텔에 살 때는 자정 넘으면 그 다음 수순이 우리 집이었다. 내색은 안 했지만 직장 사람들이 집으로 오는 게 귀찮았다. 다음 날 어질러진 집을 치우는 것은 짜증나는 일이었다.

집 앞에 멈춰 섰다. 열쇠를 꺼내다가 현관문 앞에 붙어 있는 종이조각을 보았다. 어린애가 쓴 것처럼 글씨는 삐뚜름했고 옆으로 기울어져 있었다. [죄송합니다. 어젯밤은 시끄러우셨지요. 제가 아이를 따끔하게 혼내겠습니다. 정말 죄송합니다.] 나는 종이를 떼어내면서 피식 웃고 말았다. 싱거운 사람들이네. 미안하다고 먼저 사과를 하는데 뭐라고 할 것인가. 종이조각을 손에 쥐고 문을 열었다. 윗집 사람들은 그나마 경우가 있는 사람들인 모양이었다.

그러고 보니 어제 새벽에도 아이가 뛰는 소리에 깨어났다. 아닐 수도 있었다. 눈을 떴을 때 무척이나 추웠다. 몸을 부르르 떨며 이불을 찾아 더듬었다. 홑이불은 방바닥에 떨어져 있었다. 이불을 집어드는데 안방 베란다 유리문이 활짝 열린 채였다. 지난밤에 열어두고 그냥 잔 것일까. 그랬을 리가 없는데. 으슬으슬 몸을 떨며 베란다로 나갔다. 초여름이지만 숲에서 불어오는 바람은 선득했다. 유리문을 닫으려다 말고 문득 고개를 꺾어 위를 올려다보았다. 위층은 불이 꺼져 있었다. 좀 전까지 아이가 뛰어다녔는데 그새 자는 걸까. 뭐 하는 집일까. 맞벌이 부부라 종일 놀아주지 못한 아이에게 미안해서 새벽에 잠깐씩 놀아주는 걸까. 터무니없는 생각이 아니라 정말 그런 사람이 있다. 엊그제 술좌석에서 조 과장이 자랑스럽게 떠들어댔다. 술 마시느라고 매일 늦는 그가 가끔 새벽에 아들과 놀아줄 때가 있다고. 아빠를 닮아 잠이 없는 녀석은 새벽에도 자지 않고 있을 때가 많았다. 조 과장의 아들은 유난히 물을 좋아했다. 녀석을 위해 욕조에 물을 가득 채우고 둘이서 들어가 신나게 논다고. 물장구도 치고 비치볼도 던지고 목욕도 하고 둘이서 시끄럽게 놀았다 싶은 날은 아래층에서 인터폰이 온단다. 지금 몇 신데 이 난리죠? 조 과장은 아래층 여자의 목소리를 흉내내며 킬킬거렸다. 그러면 내가 이러지. 이봐요, 아줌마, 내 집에서 내 마음대로 목욕도 못해요? 조 과장은 일행을 돌아보며 자랑스럽게 떠들었다. 나는 조 과장을 보며 머리를 저었다. 진짜 뻔뻔스럽군. 그나마 위층 사람들은 조 과장 같은 인간이 아니라서 다행이었다.

역 앞 편의점에서 사온 도시락을 꺼내놓고 편한 옷으로 갈아입었다. TV 앞에 놓인 작은 상에 앉아 밥을 떠 넣었다. 수저질을 하며 멍하니 TV를 보았다. 늦은 저녁이었지만 식욕은 없었다. 그냥 건성으로 수저질을 하고 있었다. 문득 고개를 들자 TV가 저 혼자 떠들고 있었다. 리모컨을 눌러 TV를 껐다. 먹다 남은 도시락은 쓰레기통에 버렸다.

냉장고에서 캔 맥주를 꺼내 베란다로 나갔다. 유리문을 열자 산에서 바람이 불었다. 서늘했다. 난간에 몸을 기대고 어둔 숲을 바라보며 한 모금씩 맥주를 마셨다. 어둠 속에서 나무들이 몸을 뒤척이는 소리가 났다. 서걱서걱. 바람 때문이겠지만 꼭 사람의 목소리 같았다. 눈이 깔깔했다. 어제도 위층 아이는 새벽이 지나도록 뛰어다녔다. 눈을 꾹 감았다가 떴다. 내가 잠 못 이루는 건 연수가 아니라 위층 아이 때문이라고.

고개를 돌리자 식탁 위의 휴대폰이 보였다. 통화버튼을 누르는 건 의외로 간단하다. 하지만 뭐라고 할 것인가. 돌아와달라고. 보고 싶다고. 지금 미칠 것 같다고. 미련 없이 떠난 여자한테? 손에 힘을 주자 캔이 우그러졌다. 손목을 타고 맥주가 방울방울 떨어졌다. 천장에서 아이가 뛰기 시작한 것은 그때였다. 다른 때와 달리 아이는 줄달음을 치고 있었다. 시계를 보았다. 열한 시가 넘었다. 어쩌자고 아이는 이 시간에 뛰는 것일까. 눈을 훔치고 유리문을 닫았다.

TV 앞의 상을 치우는데 위에서 쿵 하는 소리가 들렸다. 마치 높은 곳에서 뛰어내리는 듯 연달아 쿵쿵 하는 소리가 천장을 울렸다. 그 소리에 심장이 불규칙하게 뛰었다. 화장실에서 이를 닦고 침대에 누웠다. 위에서 문을 거세게 여닫는 소리가 들렸다. 작은 방에서 뛰어나온 발소리는 큰방을 달려 베란다로 뛰어가고 있었다. 유리문을 거칠게 열고 닫는 소리. 아이는 종횡무진 아파트 안을 달리고 있었다. 나도 모르게 손으로 귀를 막았다. 제발, 그만 좀 해라. 너는 잠도 없냐. 하지만 아이의 발소리는 점점 더 커지고 있었다. 망할 녀석. 부아가 치밀었다. 뛰고 있는 그 아이보다 그냥 두는 부모들이 더 나쁜 사람들이었다.

침대에 누워 천장을 노려보았다. 다시금 천장이 부서질 듯 요란하게 울렸다. 벌떡 일어났다. 심장이 파르르 떨렸다. 나는 어느새 아이가 뛰고 있는 방향을 눈으로 좇고 있었다. 요동치는 발소리는 마루를 달음질쳐 큰방으로 뛰어들었다. 다시금 뛰쳐나와 좁은 주방을 달리고 뒤돌아서 큰방으로 달려간다. 위에서 나는 쿵쿵 소리와 함께 심장이 바스러질 것만 같았다. 신경이 곤두서서 눕지도 못하고 안절부절 했다. 속이 울렁거렸다. 마치 윗집 아이가 내 뱃속을 휘젓고 다니는 것처럼.

위층에 가서 주의를 줘야 하나 잠깐 망설였다. 연수라면 당장 한달음에 위층으로 달려 올라갔을 것이다. 나는 초조한 눈으로 시계를 보았다. 아이는 벌써 한 시간이 넘게 뛰어다니고 있었다. 현관문에 그런 종이를 붙여놓아 경우 있는 사람들이라고 생각했는데. 어떻게 해야 하나. 침대를 박차고 나와 연거푸 물을 마셨다. 손이 부들부들 떨리고 있었다. 식탁의 자에 털썩 앉아 손으로 목을 주물렀다. 온몸의 근육이 딱딱하게 굳어 있었다. 연수의 말이 맞았다. 자신이 듣기 싫은 소리는 모두가 소음이라고. 그 얘기를 들을 때 연수의 말이 지나치다고 생각했다. 그녀가 너무 예민하게 구는 거라고. 하지만 지금 나는 어쩌고 있는가. 마른 얼굴을 손으로 쓸었다. 연수보다 더 안절부절못하고 있었다.

예민한 연수 때문에 그녀가 내 오피스텔에 오면 사실 조마조마했다. 오피스텔은 얇은 벽 사이로 여과되지 않은 소음들이 넘쳐 났다. 특히 옆집은 음악을 좋아하는지 한번씩 한밤중에 오디오를 크게 틀어놓았다. 어떤 날은 파티라도 하는 지 음악소리가 크게 울릴 때도 있었다. 그럼 연수는 얼굴이 하얗게 질린 채 손을 부들부들 떨었다. 그리곤 내가 말릴 사이도 없이 밖으로 뛰쳐나갔다. 옆집 사람이 문을 열어줄 때까지 초인종을 눌렀다. 내가 달래서 데려오려고 하면 손을 뿌리쳤다. 지금 저 소리가 안들려? 돌아버릴 것 같아. 희게 질린 얼굴로 소리쳤다. 옆집 사람은 얼굴을 내밀지만 음악소리는 줄어들지 않았다. 그런 밤 나는 연수를 끌어안고 머리카락을 쓸어주었다. 하지만 연수는 통 잠들지 못했다. 몸을 웅크리고 있다가 새벽에 내 오피스텔을 빠져나갔다. 이렇게 시끄러운데 지금 잠이 와? 자려면 당신이나 자. 연수는 가버렸다.

식탁에 팔꿈치를 괴고 눈을 감았다. 아이는 지금도 천장에서 뛰고 있었다. 만일 지금 여기 연수가 있다면 미치지 않았을까. 연수는 방문 여닫는 소리부터 화장실 물 내려가는 소리, 천장에서 울리는 발소리, 물건 떨어지는 소리, 의자 끄는 소리들을 못 견뎌했다. 그런 소리가 들리면 심장이 쿵쿵 뛰고 식은땀을 흘렸다. 불안해서 앉아 있지도 못하고 방 안을 빙빙 돌았다. 당신은 지금 이 소리 안 들려? 어떻게 이런 소리가 아무렇지도 않아? 내가 그만 좀 하라고 하자 마치 처음 보는 사람을 보듯 나를 쳐다보았다. 당신은 날 좋아하지 않아. 날 이해할 생각이 없어. 그것과 이것은 다르다고 했지만 연수는 현관으로 쫓아나가 구두를 신었다. 아니, 당신은 날 몰라. 내가 지금 얼마나 고통스러운지. 아니 차라리 둔감했다고 말하는 게 옳을 것이다. 연수가 얼마나 힘들었을지 생각해보지 않았다. 애초부터 그녀를 이해할 생각이 없었다. 지금은 안다. 아니 느낀다. 그녀는 얼마나 힘들었을까. 눈을 감은 채 연수를 생각하고 있다.

4

다음 날 햇살 때문에 눈을 떴다. 벌떡 일어났다가 다시 고꾸라졌다. 다행히 토요일이었다. 대체 몇 시에 잠이 들었던 것일까. 휴대전화를 들고 시간을 보았다. 벌써 12시가 지나 있었다. 무거운 몸으로 세수를 하고 계단을 내려왔다. 우편함 옆에 세워둔 자전거를 타고 단지를 빠져 나왔다. 횡단보도 앞에 멈춰 서서 신호등이 바뀌기를 기다렸다. 길을 건너 하천길 옆으로 난 길을 달렸다. 역 근처 마트로 들어갔다. 통로 중간에 서서 뭘 사려고 왔지 하며 한참이나 서 있었다. 머리를 늪 속에 처박은 듯 뒤죽박죽이었다. 아이는 새벽이 지나도록 뛰어다녔다. 화가 치밀어 청소기를 집어들고 빨판을 천장에 대고 휘둘렀다. 쾅쾅쾅. 그러자 위층에서 뛰는 소리가 멈췄다. 하지만 그것도 잠깐뿐이었다. 아이는 다시 춤을 추듯 뛰기 시작했다. 콩콩콩. 폴짝폴짝. 다다다. 울화통이 치밀었다. 귀를 틀어막고 숫자를 세거나 노래를 불렀다. 잠을 포기하고 TV를 켰다. 하지만 평소보지도 않는 TV는 낯설 뿐이었다. 볼륨을 한껏 키웠다. 하지만 그 사이로아이가 다다다 뛰는 소리가 더 크게 울렸다. TV를 끄고 화장실로 들어갔다. 거울을 보았다. 눈이 시뻘게져 있었다. 치약을 짜서 다시 이를 닦았다. 문지르고 또 문지르고. 거품이 입을 타고 흘러내렸다. 아이가 그런 나를 비웃듯이 계속 뛰어다니고 있었다.

비틀비틀 화장실에서 나와 침대에 쓰러졌다. 눈을 감았지만 잠은 오지않았다. 이불을 끌어다 머리에 뒤집어썼다. 그 사이로 아이가 다다다 뛰고 있었다. 베개로 머리를 눌렀다. 뛰는 소리는 점점 요란해졌다. 이불을내리고 퀭한 눈으로 천장을 쏘아보았다. 일 년도 살지 못하고 급히 나간학원 강사, 자신과 눈을 마주치지 못하던 집주인 여자, 방금 내놓은 집이라고 거짓말을 하던 부동산 남자. 처음 집을 보러 왔을 때 유난히 정적과비밀스런 침묵에 싸여 있던 낡은 아파트 단지. 연수에게서 멀어지겠다고허둥지둥 이 집을 구한 자신이 바보 같았다.

맥주와 즉석 해물탕이 든 봉지를 자전거에 싣고 걸었다. 곧장 집에 돌아가기가 싫었다. 할일 없이 역 주변을 서성였다. 커플을 마주치면 나도모르게 고개를 돌렸다. 눈길이 계속 그들을 따라갔다. 연수는 어떻게 지내고 있을까. 나처럼 허둥거리며 지내지는 않을 것이다. 자신의 일에 충실한 여자니까.

상가 주변이 붐비기 시작해서 하천 길을 따라 내려갔다. 벤치가 있어

옆에 자전거를 세우고 멍하니 앉아 있었다. 한참 흘러가는 물을 보고 있는데 졸렸다. 탁탁 하는 소리에 눈을 뜨고 쳐다보았다. 내 앞의 풀밭에 아이가 앉아 하천으로 돌을 던지고 있었다. 아이는 등을 웅크리고 있었다. 물끄러미 흘러가는 물을 보더니 또 탁탁 돌을 던졌다. 아이의 어깨가 처진 것 같다고 생각했다. 웅크린 그 등이 눈에 익었다. 처음 여기 집을 보러 올 때 하천 길에서 봤던 아이 같았다. 아이는 그날처럼 흰 멜빵바지를 입고 있었다. 따분한 동작으로 계속 물 속으로 돌을 던졌다. 탁탁 하는 소리와 함께 눈꺼풀이 주저앉았다.

새벽에 더는 참을 수가 없어 집을 나왔다. 비틀비틀 계단을 올라갔다. 위층은 계단에 불이 나갔는지 컴컴했다. 나는 벽을 짚으며 올라갔다. 위층 현관문 앞에서 숨을 몰아쉬며 초인종을 눌렀다. 안에서는 아무 대꾸가 없었다. 다시 한번 초인종을 길게 눌렀다. 역시 대꾸가 없었다. 계단 창으로 고개를 내밀고 그 집을 살펴보았다. 위층은 불이 꺼져 있었다. 좀 전까지 그렇게 아이가 뛰어다녔는데 시치미를 떼고 자는 척을 하고 있었다. 화가 불끈 치솟았다. 정말 용서가 안 되는 사람들이었다. 연거푸 초인종을 눌렀다. 누가 나오는 소리는 없었다. 이번에는 손으로 문을 쾅쾅 두드렸다. 역시나 꿈쩍도 안 했다. 무슨 소리가 들리나 현관문에 귀를 바싹 들이댔다. 콩콩 뛰는 소리와 함께 웃음소리 같은 게 들리는 것 같았다. 공기를 타고 미미하게 움직이는 어떤 기척이 느껴졌다. 그런데도 없는 척을 하다니. 사람을 이렇게 우롱하다니. 괘씸했다. 팔짱을 낀 채 그 집 현관문을 노려보았다. 얼마쯤 그렇게 서 있다가 도로 내려왔다. 침대에 눕자마자 위에서 또다시 아이가 뛰기 시작했다. 이불을 머리까지 뒤집어쓰고 베개로 눌렀다.

위에서 뛰는 소리가 뚝 그쳤다. 이불을 끌어내렸다. 억지로 눈을 감았지만 머리맡의 탁상시계가 째깍째깍 하며 가고 있었다. 어디서 파리가 들어왔는지 어둠 속을 날아다녔다. 아파트 단지를 달리는 차가 급정거하는 소리가 날카롭게 울렸다. 모두 다 거슬렸다. 예전에는 미처 깨닫지 못했는데 세상에는 너무 많은 소리가 있었다. 그래도 올라가 초인종을 누른 효과가 있었던 것일까. 한동안 아무 소리도 안 들렸다. 하지만 언제 또 시작할지 모르는 일이었다. 나는 어둠 속에서 눈을 뜬 채 조마조마하고 있었다. 심장도 두근거렸다. 문득 내가 지금 미쳐가고 있는 게 아닐까 하는 생각마저 들었다.

벤치에서 일어나 자전거에 올라탔다. 아이는 어느새 사라지고 없었다. 천천히 페달을 밟았다. 한낮의 후텁지근한 바람이 얼굴을 때렸다. 코로 진한 풀 냄새가 맡아졌다.

집에 돌아와 현관문을 따려는데 문 앞에 봉투가 세워져 있었다. 재생종이로 만든 봉투였다. 이런 게 왜 여기 있지 하며 안을 보았다. 막 쪄낸 것 같은 시루떡이 비닐에 싸여 있었다. 고개를 들자 문 앞에 종이조각이 붙어있었다. [야단을 쳐도 아이가 말을 안 들어요. 정말 죄송합니다. 저희도 노력 중이니 좀 이해해 주세요. 정말 죄송합니다.] 불현듯 화가 치밀어 위를 노려보았다. 정말 이상한 사람들이었다. 그렇게 죄송하면 왜 내다보지도 않는 걸까. 손으로 문을 쾅쾅 두드려도 인기척도 없었다. 누구를 놀리나. 이 따위 쪽지가 무슨 대수라고. 손으로 종이를 파삭 구겨버렸다.

해물탕을 냄비에 넣고 콩나물은 대충 씻어 깔았다. 가스 불을 켜고 기

다렸다. 조금 후 콩이 익는 비릿한 냄새가 퍼지기 시작했다. 그 동안 해물
탕을 먹지 않았던 게 연수 탓인 것만 같았다. 그녀는 오피스텔에 올 때마
다 해물탕거리를 사들고 왔다. 연수는 충동적이고 참을성이 부족해도 다
정하고 애교도 많았다. 나는 펄펄 김이 나는 냄비를 식탁에 내려놓았다.
국물을 떠서 먹어보았다. 연수가 해주던 맛이 아니었다. 그녀가 해주던
음식이 먹고 싶은 걸 보니 이제 미움도 가라앉아 가는 걸까.

툭 하면 다른 남자와 자고 다니는 걸 따져 묻자 연수는 눈도 깜박이지
않고 똑바로 쳐다보았다. 자꾸 이런 걸로 부딪힐 때마다 나 피곤해. 당신
도 나도 지금까지 결혼 안 하는 이유가 뭐야? 편하게 살고 싶어서잖아. 이
러면 나 앞으로 당신 안 만나. 잔을 꺼내 맥주를 따랐다. 멍하니 앉아 있
는데 맥주가 잔 위로 넘치고 있었다. 맥주는 식탁을 타고 아래로 뚝뚝 떨
어졌다. 그걸 닦지도 않고 우두커니 앉아있었다. 그러고 보니 이제 연수
를 원망하지 않았다. 처음 연수가 다른 남자와 잔 것을 알았을 때 상상
속에서 여러 번 처형했다. 연수를 묶어서 냉동고 안에 가두거나 높은 빌
딩 옥상으로 끌고 가 뒤에서 밀치는 상상 따위들. 이렇게 살아지는구나.
못 견디게 견딜 수 없던 것들도 지나가는구나. 손으로 메마른 얼굴을 쓸
었다.

한 가지 궁금한 것이 있었다. 연수는 지금도 소음에 그토록 민감할까.
요즘에야 연수가 느꼈을 고통이 무언지 알 것 같았다. 지금처럼만 그녀를
이해했다면 우리는 헤어지지 않았을까. 손에 얼굴을 묻었다. 소음은 인간
을 황폐화시키고 무력하게 만들고 존재의 발작을 일으키게 만든다. 어쩌
면 연수도 이런 결론을 내렸을지 모른다. 맥주 잔에는 이제 거품이 꺼지

고 없었다. 마치 사라져버린 내 사랑처럼. 고통은 멀리 있는 것이 아니었다.

5

다급하게 위층으로 올라가는 계단을 밟았다. 지난밤은 정말 한숨도 자지 못했다. 이대로는 도저히 견딜 수가 없었다. 위층 아이는 새벽이 다 지나도록 뛰어다녔다. 계단을 뛰어 올라가 초인종을 누르고 현관문을 쳐도 아무 반응이 없었다. 몇 번을 찾아가도 사람을 만날 수가 없었다. 도대체 누굴 만나든지 해야 얘기라도 해볼 것 아닌가. 다른 날처럼 위층의 불은 모두 꺼져 있었다. 얼마나 뻔뻔스러운 인간들인지. 좀 전까지 그렇게 종횡무진 아파트 안을 달렸으면서 그새 잠들었다고? 괘씸해서 움켜진 휴대전화를 들었다. 112 버튼을 누르려다가 말고 한숨을 쉬었다. 좋다. 내일 퇴근하면 계단에 죽치고 앉아 위층 인간들을 기다리자. 맞벌이를 하더라도 밤에는 아이 때문에도 돌아올 것이다. 계단에 쭈그리고 앉아 밤을 새우는 한이 있어도 꼭 만날 것이다. 만나면 얘기하자. 잠을 못 자 내가 얼마나 고통스러운지 호소하자. 어깨를 늘어뜨리고 계단을 내려왔다.

이제 아이는 시도 때도 없이 뛰었다. 한밤중이나 새벽이 따로 없었다. 어떻게 된 사람들이 아이가 저렇게 뛰는데 그냥 놔두는지 이해할 수가 없었다. 내가 올라가면 없는 척해도 분명 안에 누가 있었다. 현관문에 귀를 대고 매달리면 옷이 스치는 소리, 문을 여닫는 소리, 숨죽이며 웃는 소리 따위가 들렸다. 정말 미치고 펄쩍 뛸 일이었다. 계단에서 뛰다보니 무리가 갔는지 무릎이 시큰거렸다. 회사에서 절뚝거리며 걷는 나를 사람들이 의아한 듯 쳐다보았다. 집으로 들어와 베란다 문을 열고 위층을 향해 고함을 질렀다. 다른 이웃이 깨든 말든 이제 상관할 바가 아니었다. 집으로 돌아와 베란다 유리문을 열어 젖혔다. 고개를 빼서 위층을 올려다보았다. 위층은 고요한 침묵에 싸여 있었다.

잠을 못 자 깔깔한 눈에 해가 뜨고 있는 게 보였다. 베란다로 나가 다시금 위층을 쳐다보았다. 아무런 소리도 들리지 않았다. 위층은 희부연한 빛에 싸여 괴괴했다. 출근하려고 넥타이를 매는데 손이 후들후들 떨렸다.

출근하자마자 시계만 쳐다보고 있었다. 하루 종일 퇴근 시간만 기다렸다. 시계를 흘긋거리다 조 과장과 몇 번이나 눈이 마주쳤다. 조 과장이 비웃는 눈으로 날 쳐다보고 있었다. 그러든 말든 지금 신경 쓸 때가 아니었다. 머릿속은 오로지 위층 인간들 생각뿐이었다. 퇴근하면 득달같이 달려가 위층 사람을 만날 거였다. 그 생각에 일도 손에 잡히지 않고 종일 안절부절했다. 도저히, 이런 식으로는 그 집에서 더는 살 수 없을 것 같았다. 오늘은 위층 인간들을 만나 담판을 지어야 한다. 책상에 놓인 기안서류 위에 위층 인간들이 어른거렸다. 그러고 보니 그 인간들을 한 번도 본 적이 없다. 설마 도깨비들은 아니겠지. 얼굴 없는 인간들. 나는 복도를 걸어가며 위층 인간들의 목을 잡아채 때려눕혔다. 변기에 걸터앉아 일을 보다가 아이의 엉덩이를 후려찼다. 그 집을 급습하는 장면을 계속 떠올렸다. 하지만 만나야 따지거나 하다못해 얘기라도 해보지 않는가. 점심을 먹으러 들어간 칼국수 집에서 조 과장이 날 쳐다보았다.

"이 대리, 요즘 정서불안 심한 거 같아. 어디 아파? 거울 좀 봐. 눈 밑이 시커매. 왜 그래? 시도 때도 없이 졸질 않나, 시계는 또 왜 그렇게 자주 쳐다봐? 퇴근하고 싶어서 아주 안달이 난 것 같아."

조 과장이 입을 실룩이며 이죽거렸다. 상사랍시고 떠들고 싶은 눈치였다. 그러거나 말거나 귀에 들어오지 않았다. 나는 아무에게도 내 상황을 말하지 않았다. 얘기한다고 뾰족한 방법이 있는 것도 아니고 이해를 할 수도 없었다. 나도 연수를 이해하지 못했다. 그런데 회사 동료들이 이해해 줄 거라고는 생각하지 않았다. 아예 기대를 말자. 나는 조 과장의 말에 대꾸도 하지 않고 그냥 칼국수 국물만 떠먹었다. 입이 써서 아무 맛도 느껴지지 않았다. 나는 웃고 떠들며 칼국수를 먹고 있는 회사 사람들을 쳐다보았다. 이 사람들은 소음에 대해서 얼마나 알고 있을까. 소음 때문에 누구를 죽일 수도 있다는 걸 이 사람들은 이해할까. 아무도 모른다. 내가 지금 어떤 위기에 몰렸는지를. 얼마나 절박한 마음인지를. 그냥 젓가락으로 열무김치를 뒤적거렸다.

퇴근한 뒤 한 잔 하러 가자는 청을 거절하고 전철에 올라탔다. 한시라도 빨리 위층 사람들을 만나야 했다. 내가 미쳐서 죽기 전에 아니 위층 인간들을 죽이기 전에 만나야 했다. 전철에 흔들리며 내내 골몰했다. 관리실에 쫓아가 항의를 해야 하나. 그것도 소용이 없을 것 같았다. 오피스텔에 살 때 연수 때문에 몇 번 관리실에 전화를 건 적이 있었다. 그때마다 전화를 받은 직원은 옆집과 잘 해결하라고 그것이 최선이라고 말했다. 관리실이 소용없다면 부동산에 찾아가거나 집주인을 만나야 하나.

이제 나는 하루 종일 소음에 대해서 생각하고 있었다. 겪어보니 이것처럼 피를 말리는 일도 없었다. 정말 자신이 듣기 싫은 소리는 다 소음이었다. 그리고 그걸 듣는 게 이렇게 힘든 일인지 몰랐다. 이제 나는 그 집에만 들어서면 심장이 뛰고 가슴이 두근거렸다. 위층에서 아무런 소리가 나지 않는데도 증상은 계속되었다. 그리고 방 안을 이리저리 돌아다니며 위층에서 무슨 소리가 들리지 않나 귀를 곤두세웠다. 이제 그 집에 들어가는 일이 점점 공포스러워졌다.

계단 앞에서 숨을 고르고 위층의 초인종을 눌렀다. 역시 아무런 기척이 없었다. 무슨 소리가 나지 않나 현관문에 귀를 가져다 댔다. 희미하게 문이 열리고 닫히는 소리가 들렸다. 틀림없이 누군가 있다. 콩콩콩 뛰어오는 소리가 들렸다. 발소리였다. 그런데도 문을 열어주지 않았다. 일부러 안 열어주는 게 분명했다. 정말 지독한 인간들이다. 오늘 누가 이기나 한번 해보자. 문을 열어줄 때까지 자리를 뜨지 않을 것이다. 땀으로 번들거리는 얼굴을 훔치며 와이셔츠 팔꿈치를 걷어 올렸다. 제발 문을 열어라. 아니 모습을 드러내라. 이 얼굴 없는 인간들아. 계단 사이로 나 있는 창문으로 후덥지근한 바람이 밀려들었다. 와이셔츠 겨드랑이가 땀에 푹 젖어 있었다. 내려가서 편한 옷으로 갈아입고 올까 하다가 그만두었다. 그런 사이에 위층 인간들이 미꾸라지처럼 빠져나갈지도 몰랐다. 주먹을 쥐고 현관문을 쾅쾅 두드렸다. 분명 안에 누가 있는 것 같은데 문을 왜 열지 않는 거야? 문손잡이를 잡고 흔들며 소리쳤다.

"아무도 없어요? 아래층 사람인데요."

역시 아무런 대꾸도 없었다. 혹시 몰라 써온 종이를 꺼내들었다. [댁의 아이가 밤이고 새벽이고 너무 뛰어 노이로제 상태입니다. 소음 때문에 만나서 할 이야기가 있습니다. 저희 집에 들러주시기 바랍니다. 아래층 사람 종이를 현관문에 붙이고 있는데 계단을 올라오는 발소리가 났다. 화들짝 놀라 숨을 멈췄다. 계단 아래를 굽어보자 머리를 묶은 30대 초반으로 보이는 여자가 올라왔다. 여자도 나를 보고 놀랐는지 숨을 헉 하고 삼켰다. 여자는 재빠르게 계단을 뛰어올라 건너 집으로 들어갔다. 내 기대와 달리 위층 사람이 아니었다. 하지만 적어도 건너 집이라면 위층에 대해서 뭘 알고 있을지도 몰랐다. 그 집 문을 두드렸다. 저기요, 잠시만요. 실례 좀 할게요. 하지만 들어간 여자는 문을 열지 않았다. 여자는 날 잡상인이나 도둑놈으로 오해한 것일까. 그래도 와이셔츠와 양복을 입고 도둑질을 하러 다니나. 그리고 무엇보다 도둑놈이 먼저 말을 붙이는 걸 봤나. 어깨를 늘어뜨리고 있는데 건너 집 문이 조금 열렸다. 여자는 문에 체인을 걸고 있었다.

"왜 그러세요?"

눈에 경계의 기색이 완연했다.

"저, 말씀 좀 묻겠습니다. 혹시 건너 집 사람들이 언제 오는지 아세요?"

내가 다급하게 물었다. 여자는 고개를 갸우뚱했다.

"글쎄요. 잘 몰라요. 직장 다니느라 집에 없어서…"

"그럼 본 적은 있어요?"

"글쎄… 관리실에 가보세요."

여자는 쌀쌀맞게 말하고는 문을 닫았다.

위층 현관문에 종이조각을 붙이고 계단을 내려왔다. 내처 바깥으로 나왔다. 산에서 불어오는 바람이 겨드랑이의 땀을 식혔다. 고개를 위로 쳐들고 내가 살고 있는 집과 위층을 올려다보았다. 그 집은 아무도 없는 듯 베란다 문이 닫혀 있었다. 사람이 있으면 이 날씨에 닫아둘 리는 없을 테고. 누가 있다고 생각했던 것은 나의 착각이었을까. 단지 전체가 침묵에 빠진 듯 고요했다. 처음 집을 보러 온 날처럼 정적이 감돌았다. 조금 전에 4층 여자와 얘기를 했는데도 아파트는 왠지 비현실적인 공간으로 느껴졌다. 각각의 구멍마다 사람들이 칸칸이 나뉘어 산다는 것이 새삼스러웠다. 집과 집의 천장과 마루가 붙어 있고 벽과 벽이 붙어 가장 가까운 구조였다. 그러나 집집의 현관문은 닫으면 또 하나의 벽이 되었다. 벽들은 완고해 보였다. 벽은 결코 타인을 부르지 않는다.

옆의 동으로 갔다. 경비실 문을 두드리자 졸고 있던 남자가 눈을 떴다.

"예?"

남자가 엉거주춤 몸을 세웠다.

"저, 306동 402호에서 새벽마다 아이가 뛰는데요."

"어, 그래요?"

경비가 모자를 위로 올리며 눈을 끔벅거렸다.

"대각선에서도 소리가 들리나?"

"대각선이 아니라 바로 위 402호라니까요."

"뭘 잘못 아셨네. 대각선 위겠지요… 아, 잠깐만요."

경비는 머리를 갸웃하며 마침 울리기 시작한 전화기로 손을 뻗었다. 그리곤 나중에 얘기하자는 듯 날 쳐다보았다. 할 수 없이 경비실 창문을 닫고 돌아섰다. 눈 속으로 땀이 스며들었다. 우리 동으로 와서 현관 앞에 쭈그려 앉았다. 현관 입구에 붉은 장미가 피어나고 있었다. 숲이 우거져 있는 나무들 너머로 해가 기울고 있었다. 졸렸다. 자고 싶었다. 두 다리를 뻗고 편안하게 자고 싶었다. 와이셔츠 주머니에 있는 휴대폰을 꺼내들었다. 집을 계약했던 부동산 번호를 눌렀다. 신호가 한참 가도 받는 사람이 없었다. 끊었다가 다시 한번 눌렀다. 이번에도 오래도록 신호가 갔다. 끊으려고 하는데 저쪽에서 누군가 전화를 받았다. 여보세요? 계약을 했던 사내의 목소리인 것도 같고 아닌 것도 같았다. 나는 집을 내놓아야 할 것 같다고 말했다. 저쪽에서 침묵했다. 의미 있는 침묵이었다. 침을 삼키고 계속 말했다. 위층 소음 때문에 살수가 없어요. 전에 살던 사람도 그런 얘기 안 했어요? 부동산 사내는 아뇨, 한 적이 없는데, 했다. 하지만 사내의 목소리가 갑자기 빨라졌다.

나는 암튼 집을 내놓아야겠다, 빨리 처리해달라고 부탁했다. 부동산 사내가 한숨을 쉬었다. 내놓으실 거예요? 근데 이상하네, 빈 집에서 무슨 소음이 나지? 가슴이 철렁했다. 빈 집이라뇨? 숨을 몰아쉬며 물었다. 계약할 때 내가 얘기 안 했어요? 위층은 2년째 빈 집인데. 부모가 문을 잠그고 맞벌이를 나간 사이에 아이한테 사고가 났어요… 음, 죽었지요, 그리고 집은 비워둔 채로 부모들도 돌아오지 않고. 암튼 빈 집 맞아요… 예, 암튼 내놓을게요. 아참 그리고 계약할 때 이상한 소리하지 마세요. 시끄럽다고 하면 누가 들어와요? 물론 아시겠지만. 근데 여름이라 빨리 나가려나 모르겠네.

전화를 끊으려고 하는데 손이 떨렸다. 정신이 멍했다. 대체 무슨 말인지 알 수가 없었다. 어떻게 빈 집에서 아이가 새벽마다 뛰어다닌단 말인가. 그리고 또 죽었다는 말은 무슨 말인가. 나는 퀭한 눈으로 장미 넝쿨을 더듬었다. 오랫동안 잠을 못 자서 그럴 것이다. 예민해져서 그럴 것이다. 중얼거리며 몇 번이나 고개를 저었다. 얼굴로 차가운 땀이 흘러내리고 있었다. 머리를 달구던 해가 넘어가고 사방이 어둑어둑해졌다. 나무들의 그림자가 짙어졌다. 숲을 보고 있는데 눈에 어른거리는 물체가 있었다. 조그만 사내아이가 뒷모습을 보이고 산으로 올라가고 있었다. 낯익은 등이었다. 아이가 입은 것은 흰 멜빵바지였다.

"얘, 거기 좀 서봐."

그 아이가 분명했다. 하천 둑에 앉아 돌멩이를 던지며 물살을 보고 있던 아이. 나는 숲을 향해 내달렸다. 숨을 들이키며 비탈길에 올라섰을 때 이미 아이는 온데간데없었다. 어린아이의 걸음이라고 생각할 수 없게 재빨리 사라졌다. 대여섯 살 정도 보이는 몸집을 가진 아이였다. 귀를 덮은 머리카락. 엉덩이에 묻어 있던 풀물. 흰 멜빵바지. 나는 아이가 사라진 숲 저쪽 이제 거뭇거뭇해지고 있는 나무들 사이를 더듬었다.

어깨가 축 처진 채 단지 앞으로 돌아온 나는 믿을 수가 없었다. 베란다 창틀에 손을 끼고 서서 아래를 내려다보는 아이가 보였다. 순간 숨이 멈추는 줄 알았다. 분명 좀 전에 숲으로 사라졌던 그 아이였다. 어스름 속으로 아이가 입고 있는 흰 멜빵바지가 어른거렸다. 나는 계단을 향해 줄달음질을 쳤다.

두 계단씩 겅중거리며 뛰어올라갔다. 심장이 야구방망이로 내려친 듯 통증이 느껴졌다. 위층의 현관문을 세게 잡고 흔들었다. 문은 단단히 잠겨 있었다. 좀 전에 문에 붙여놓았던 쪽지는 그새 떼어지고 없었다. 나는 휘청거리며 쓰러질 듯 벽에 기대섰다. 무언가 차가운 기운이 나를 스쳐 계단을 달려 내려갔다. 웃음소리 같은 게 벽을 타고 울렸다. 나는 자신

도 모르게 중얼거렸다. 이사를 가더라도 한동안 아니 오랫동안 잠들 수
없을 거라고.

이토록 치사한 로맨스

진짜 입고 갈 옷이 하나도 없었다. 옷장을 활짝 열어 젖히고 눈을 굴렸다. 한숨만 푹푹 나왔다. 책상에 놓인 핸편으로 문자가 들어왔다.

　-6시야, 늦으면 죽는다.

　서영이 지지배였다. 핸편을 닫자마자 또 문자 들어오는 소리가 들렸다.

　-빨랑 와.

　안 그래도 바빠 죽겠는데 딥따 찍어대고 있다. 그대로 문잘 씹고 옷을 뒤적였다. 시계를 보니 벌써 5시가 넘었다. 툴툴거리고 있을 시간이 없었다. 홀러덩 티셔츠를 벗고 탱크 탑에다 머리를 쑤셔박았다. 배꼽이 보일락말락했다. 청바지에 다리를 집어넣고 거울 앞으로 달려갔다. 진짜 몸매하난 끝내주었다. 엄마 방에서 훔쳐온 향수를 귀에다 조금 발랐다. 마스카라를 속눈썹에 살짝 칠했다.

발로 방문을 조금 열고 고개를 내밀었다. 슥 밖을 휘둘러봤다. 엄마가 손님이랑 웃으면서 얘기를 나누고 있었다. 밖으로 나가려면 엄마 가게를 지나가야 했다. 동네 아줌마 하나가 파마를 하고 있었다. 엄마는 롯드에 머리를 말면서 입으론 부지런히 수다를 떨었다. 몸을 숙이고 살금살금 걸음을 떼었다.

"학원 가니?"

거울 속에서 엄마와 내 눈이 딱 마주쳤다.

"응."

뻔한 걸 묻느냐는 투로 툴툴거렸다. 엄마의 곱지 않은 눈이 위아래로 훑었다. 딱 배꼽에서 동작 그만이었다.

"옷이 그게 뭐야?"

"오늘 서영이 생일이잖아. 학원 끝나고 걔네 집에 갔다 올 거야."

"진짜야? 말만 한 계집애가 밤늦게 싸돌아 댕기면 못 써."

"알았다니까."

또 그놈의 잔소리가 시작되려고 하고 있다. 엄마가 코를 벌름거렸다.

"이게 뭔 냄새야? 너 학원 가는 거 맞아?"

"그렇다니까. 속아만 살았어?"

"좋은 말 할 때 제대로 입고 가."

엄마가 눈을 부라렸다. 얼른 손바닥으로 배꼽을 가렸다.

"시간 없단 말야."

"야, 오인주!"

엄마가 뒤통수에다 소리를 질렀다. 헉헉거리며 골목을 달려 내려갔다.

마을버스가 다니는 큰길로 나왔다. 버스 꽁무니가 커브를 돌아 사라지는 게 보였다. 진짜 속으로 욕 나왔다. 다음 버스 아무리 빨라도 15분 뒤에 나 올 것이다. 그냥 전철역까지 뛰어갈까. 가방 속을 뒤적거려 립글로스를 찾았다. 손거울을 보면서 살살 입술에 발랐다.

전철에 사람들이 꽉꽉 들어찼다. 아직 여름방학도 하지 않는데 참 이상했다. 여기저기 내 또래 아이들이 눈에 띄었다. 모두 진이 빠진 얼굴들이었다. 어쩌 귀가 좀 근질거렸다. 손가락으로 귓속을 후벼팠다. 엄마가 날 씹고 있는 게 뻔했다. 내가 나온 뒤에도 그 아줌마랑 요즘 애들 어쩌고 떠들고 있을 것이다.

'인주 헤어'는 동네 아줌마들 수다방이었다. 하루가 멀다하고 아줌마들로 복작거렸다. 대학입시나, 한국의 교육 현실 이딴 거 좀 씹으면 좀 좋아? 툭하고 씹는 건 우리들이었다. 어제만 해도 그랬다. 학원 갔다 와서 미용실로 들어갔다. 엄마랑 동네 아줌마가 소파에서 수다떨고 있었다.

"인주 엄마 들었어? 지금 초등학생들도 다 애인 있대. 반에서 애인 없는 애들은 따 당하고 난리가 아니래, 글쎄."

"설마?"

"설마가 아니라니까. 우리 때랑 달라도 너무 달라."

"정말 말세다."

"인주 엄마, 우리아들놈이 뭐라는 줄 알아? 애들끼리 사귀다가 3개월을 넘기면 노인커플이라고 놀림 당한대. 내가 혀를 차니까 그 녀석이 뭐라는 줄 알아? 그게 어른들이 몰래 숨어서 바람 피우는 것 보단 낫단다. 솔직

하고 당당하다나, 어쩐다나. 내 참 기가 막혀서."

"진짜 기가 막힌다. 요즘 애들 왜 그래?"

"정말 요즘 애들 모르겠어."

두 사람은 내가 듣던 말던 아주 신이 났다. 요즘 애들은 싸가지가 없다
는 둥, 버릇이 없다는 둥, 게을러 터졌다는 둥… 인상 쓰며 고개까지 휘휘
내둘렀다. 듣고 있는데 머리에서 김이 모락모락 났다. 요즘 애들 어쩌고
하는 말은 그리스 로마 시대부터 있었던 말이라고 쏘아 붙일까 하다가 관
뒀다. 누군 할 말 없어서 가만 있는 줄 아나. 거울 속으로 두 아줌마를 노
려보다가 방으로 들어갔다.

말이 안 통하는 건 우리도 똑같았다. 눈만 뜨면 공부, 공부, 공부, 학원,
학원, 학원. 사람을 아예 잡으려고 드는 게 우리 나라 엄마들이었다. "공
부해라." 빼면 우리한테 할 말도 없는 것 같았다.

그건 학교 선생들도 똑같았다. 마주쳤다 하면 공부해라, 버릇없다 그
말만 했다. 아이들은 이제 학교에서 공부를 하지 않았다. 대신 딴 짓을 했
다. 수업시간 중에 문자 찍거나, 만화책 보거나 이어폰을 꽂고 MP3를 들
었다. 학교에서 공부 따윌 하는 촌스러운 아이들은 없었다. 사실 공부는
학원에서 더 잘 가르쳤다.

숨이 턱에 닿게 뛰었다. 서영이가 아파트 현관 앞에서 식식거리고 있었
다. 날 보자마자 이빨을 뾰족 세우고 달려들었다.

"오인주, 죽는다. 늦지 말라고 했지?"

"총알 같이 달려왔단 말야."

파랗게 눈을 흘겨주었다. 뛰어오느라 더워 죽는 줄 알았다. 숨을 헐떡거리며 땀을 닦았다. 초여름이지만 벌써부터 푹푹 쪘다. 어쭈구리. 서영이 지지배. 아주 신경 써서 차려 입고 왔다. 레이스가 하늘거리는 소매 없는 파란색 원피스에다가 흰색 타이즈를 신었다. 머리에 컬을 넣었는지 돌돌 말려 있다. 얼굴은 파우더를 눌러 뽀샤시했다. 입술엔 분홍빛 립글로스가 반짝거렸다. 완전 공주 풍 모드였다. 민우한테 잘 보이려고 아주 생쇼를 했다.

"오인주, 너도 꽤 신경 썼는데?"

서영이가 이리저리 눈을 굴리며 깐죽거렸다. 내가 입은 노란색 탱크 탑과 청바지를 흘끔거렸다. 마스카라를 칠한 눈과 립글로스가 반짝이는 입술도 슥 쳐다보았다.

"이 정도 갖고 뭘."

"미용실을 어깨 빠져 나왔는데? 너네 엄마가 암말 안 해?"

"안 하긴. 갈아입으라는 걸 튀었지."

서영이가 샐쭉 토라졌다. 혼자만 튀어야 하는데 신경질 난다는 눈치였다. 얼굴은 서영이가 귀엽지만 몸짱은 나였다. 오늘따라 다리가 더 길어 보이는 것 같아 어깨가 우쭐해졌다. 서영이한테 보란 듯이 엉덩이를 두드렸다.

서영이는 테디 베어가 든 쇼핑백을 꼭 끌어안고 있었다. 민우한테 주겠다고 지난주부터 인터넷에 들어가 교본을 사들이고 난리였다. 어찌어찌해서 테디 베어를 만들긴 한 것 같았다. 근데 민우가 과연 저 테디 베어를 좋아할까. 속으로 코웃음쳤다. 열일곱씩이나 된 남자애를 넘 애 취급하고 있었다. 내 가방 속엔 민우가 좋아할 만한 선물이 들어 있다. 속으로 뿌듯해졌다.

민우의 집은 17층이었다. 50평은 넘을 거라고 서영이가 말했다.

"어떻게 알아?"

"그냥."

서영이가 씨익 웃었다. 애~앵, 머릿속으로 사이렌이 돌아갔다. 민우는 우리 학교 킹카였다. 큰 키에 운동도 잘했다. 잘 생겼고 체격도 좋았다. 녀석은 얼마 전에 사귀던 여자애랑 깨졌다. 아직 누굴 사귀는 것 같진 않았다. 민우한테 침흘리는 애들은 많았다. 나도 잘생긴 민우가 싫지 않았다. 서영이도 민우를 찍은 것 같았다. 단짝인 서영이랑 민우 때문에 이렇게 붙을 줄 몰랐다.

"어떻게 아는데?"

"몰라도 돼."

서영이가 엘리베이터 단추를 누르며 빙글거렸다. 속으로 부글부글 끓어올랐다. 어쭈, 함 해보자 이거지? 웬일인지 엘리베이터가 내려오지 않았다. 누가 위에서 잡고 있는 게 뻔했다. 한참 멈춰 있던 엘리베이터가 덜커덩거렸다. 16…15…14…13…12……. 엘리베이터는 모든 층에 다 멈추는 것 같았다. 서영이와 난 초조하게 숫자 판을 올려다보았다.

땡 소리가 나며 문이 열렸다. 할머니와 대여섯 살 정도의 남자아이가 서 있었다. 아이는 내리지 않겠다고 징징거렸다. 우리가 들어가도 녀석은 움직이지 않았다. 밖으로 나갔던 할머니가 느리게 안으로 들어왔다. 엘리베이터가 위로 움직였다. 남자애가 문 앞으로 달려나가 숫자 판을 주르륵 눌러댔다. 할머니는 뭐라고 하지도 않았다. 마냥 이뻐 죽겠다는 얼굴이었다. 서영이가 녀석의 엉덩이를 꼬집었다. 나도 다른 쪽 엉덩이를 살짝 비틀었다.

"아얏!"

녀석이 울먹거리며 손가락으로 우리를 가리켰다. 서영이와 난 딴청을 피우며 천장을 올려다보았다. 웃음이 터질 것 같아 입술을 꽉 깨물고 있었다. 서영이도 웃음을 참느라 몸을 부르르 떨었다. 할머니가 아이를 달랬지만 녀석은 울음을 그치지 않았다. 벌써 생일 파티는 시작되었을 것이다.

댄스뮤직이 거실에 쿵쿵 울렸다. 민우의 아파트에는 열 명가량의 아이들이 와글거리고 있었다. 토요일이라 아이들이 꽤 많이 몰렸다. 민우의 가족들은 동해안으로 주말 여행을 떠났다. 생일날 친구들과 재밌게 놀라고 집을 비워 주었다고 한다. 민우 부모님은 정말 짱이다. 우리 엄마가 민우 엄마 아빠 반만 되면 얼마나 좋을까. 미용실로 아줌마들 불러들여 수다나 떨 줄 알지 내 맘은 하나도 몰랐다.

서영이와 내가 들어가자 거실에 있던 여자애들이 다 쳐다봤다. 살기 어린 눈빛으로 발끝에서 머리까지 쫙 훑었다. 아무리 봐도 서영이나 나 정도 하는 얼굴은 없었다. 여자애들이 기가 죽었는지 푹 고개를 떨궜다. 벌써 게임 좋이었다.

"박서영, 오인주. 어서 와."

우리가 들어가자 민우가 달려나왔다. 여자애들의 눈이 질투로 불타올랐다. 우릴 째려보고 난리가 아니었다. 오늘의 주인공답게 민우는 멋졌다. 카키색 티셔츠 밖으로 드러난 울퉁불퉁한 근육에 자꾸 눈이 갔다. 정말 몸짱이었다. 와인색 바지가 흰 얼굴과 너무 잘 어울렸다. 마음이 화다닥 떨렸다. 서영이 지지배도 눈을 내리깔고 수줍어했다.

민우가 우리 손에 있던 가방을 받아주었다. 여자애들이 부러운 눈으로 쳐다봤다. 왠지 목에 빳빳이 힘이 들어갔다. 민우가 싱글벙글 웃으며 서영이와 날 바라보았다. 녀석의 눈은 우리 둘 사이를 왔다갔다했다. 서영이의 공주 옷과 내가 입은 노란 탱크 탑이 이쁘다고 번갈아 칭찬했다.

민우와 친한 석구와 규철이도 보였다. 우리반보다 다른 반 애들이 더 많았다. 여자애들은 첨 보는 얼굴들이었다. 거실에 큰 상이 차려져 있었다. 가운데에 커다란 케이크가 보였다. 누가 사왔는지 햄버거가 수북하게 쌓여 있었다.

그 옆에 피자와 떡볶이도 보였다. 콜라 병에서 넘친 거품이 상에 얼룩을 만들었다. 스낵 봉지들이 뜯어진 채 놓여 있었다. 규철이가 촛불에 라이터를 당겼다. 아이들이 생일 축하 노래를 불렀다. 큰 거 하나와 작은 촛불 일곱 개를 민우가 훅 불어 껐다.

"민우야, 뭐 시원한 거 없냐?"

석구가 입맛을 다셨다. 규철이도 장단을 맞추며 고개를 끄덕였다. 민우가 냉장고를 가리켰다.

"자식들, 티내기는. 꺼내들 마셔."

석구와 규철이가 냉장고 문을 활짝 열었다. 안에 시원한 맥주가 가득 들어 있었다. 병이 작고 예쁜 버드와이저였다. 아이들은 맥주병을 들고 여기저기 흩어졌다. 소파에 앉는 아이들도 있었고 베란다로 나가는 애도 있었다. 8시가 넘자 밖이 깜깜해졌다. 민우가 거실 불을 끄고 식탁 등만 켰다. 꼭 종처럼 생긴 흰 등에서 약하게 불빛이 떨어졌다.

갑자기 분위기가 확 바뀌었다. 어디 근사한 카페에 와 있는 것 같았다. 민우가 내가 앉아 있는 소파로 걸어왔다. 녀석은 내 어깨에다 팔을 둘렀다. 음악 소리 땜에 민우의 목소리가 잘 들리지 않았다. 민우 쪽으로 더 가까이 붙어 앉았다. 민우가 내 귀에다 속삭였다.

뒤통수가 찌릿거려서 고개를 들었다. 서영이가 커튼 옆에서 날 쏘아보고 있었다. 지지배의 입술이 부들부들 떨렸다. 잘하면 내가 민우랑 사귈 수도 있다. 이민우의 새 여친은 오인주였다. 두고보라지!

아파트가 크긴 정말 컸다. 거실도 징그럽게 넓었다. 인라인을 타도 될 것 같았다. 대체 방이 몇 개나 되는 지 알 수가 없었다. 이렇게 넓은 집에 와 본 건 첨이었다. 이런 곳에서 살면 기분이 어떨까.

우리집이야 '인주 헤어'를 지나 들어가면 달랑 방 두 개였다. 방 하나는 엄마랑 아빠가 썼고 나머지 하난 나와 여동생이 같이 썼다. 아빠는 직원이 6명인 회사의 영업사원이었다. 뭘 파는지 지금은 잘 몰랐다. 수시로 회사를 옮겨다녀서 들었다가도 금방 까먹었다. 언제는 정수기를 팔다가, 찜질팩, 러닝머신, 전화기, 응접세트, 도자기…… 엄마한테 들은 것만 해도 셀 수가 없었다. 엄마가 '인주 헤어'를 하고 있으니까 그나마 먹고살았다. 근데 요즘은 미용실도 잘되지 않는 것 같았다.

엄마 기술이 떨어졌다거나 동네 아줌마들 수준이 확 바뀐 게 아니었다. 여기저기 미용실이 너무도 많았다. 골목 하나만 돌아가도 미용실이 떡 나타났다. 민우만 해도 그랬다. 경쟁이 넘 심했다.

잠깐 화장실에 갔다왔더니 서영이가 민우를 채 갔다. 우리가 좀 전까지 앉았던 소파에 민우는 없었다. 서영이랑 베란다에서 맥주를 홀짝이고 있었다. 둘은 무슨 얘기를 하는지 큰 소리로 웃음을 터트렸다. 서영이의 원피스가 밤바람에 나풀거렸다. 머릿속으로 확 피가 쏠렸다.

서영이는 부잣집 공주님이었다. 엄마가 '인주 헤어'를 하는 것도 아니었다. 걔 엄마는 서영이랑 예쁘게 꾸미고 백화점 가는 게 일이었다. 서영이네 집은 골프 연습장을 했다. 서영이랑 민우를 보면 끼리끼리가 생각났다. 그 생각이 더 열 받았다.

민우가 거실로 고개를 디밀었다.

"인주야, 뭐 해? 이리와."

민우가 날 불렀다. 맥주병을 들고 그리로 갔다. 서영이가 날 아니꼽게 쳐다보았다. 서영이가 보란 듯이 민우의 팔짱을 꼈다.

"우리 담 주에 에버랜드 갈 거다. 장미 축제 보러."

민우가 고개를 끄덕였다. 서영이가 날 보고 날름 혀를 빼물었다. 얄미워서 죽을 것 같았다. 티를 내지 않으려고 했지만 얼굴로 열이 확 몰렸다.

"민우야, 자전거 타는 거 좋아해?"

"응."

"언제 자전거 타러 갈까?"

"좋아."

민우가 또 고개를 끄덕거렸다. 나도 보란 듯 서영이한테 쏙 혀를 내밀었다. 지지배의 눈에서 불꽃이 타닥타닥 튀었다. 나한테 지는 건 죽어도 못 참겠다는 얼굴이었다. 우리가 서로를 째려보고 있는 동안 민우는 맥주를 가지러 갔다.

아이들이 빠져나갔다. 민우한테 꼬리치려고 왔던 여자애들이 제일 먼저 가버렸다. 민우가 나와 서영이한테만 잘해주자 여자애들은 김이 샌 얼굴들이었다. 거실엔 몇 명 남아 있지 않았다. 우리들은 소파에 둘러앉아 영화를 봤다. 남자애들이 좋아하는 액션 영화였다. 총 쏘는 장면이 나오자 규철이와 석구가 손가락으로 서로의 가슴에 총을 쐈다.

민우는 서영이가 준 테디 베어를 무릎에 올려놓고 있었다. 아주 눈꼴 시었다. 둘은 나란히 붙어 앉아 있었다. 눈치 없는 석구 때문이었다. 민우 옆에 앉으려고 엉덩이를 붙이려는 순간 석구가 끼어들었다. 넘 비좁아 할 수 없이 내가 바닥으로 내려앉았다. 영화 보단 나란히 앉아 있는 민우와 서영이 땜에 신경 쓰여 죽을 것 같았다. 하나도 눈에 들어오지 않았다. 영화가 끝났다.

"좀 더운데, 민우야, 베란다로 안 나갈래?"

서영이가 원피스를 들고 바람을 일으켰다. 지지배 아주 꼬리를 치고 있다. 정말 눈뜨고 못 봐줄 정도였다.

"왜? 에어컨 틀까?"

소파에 머리를 기대고 있던 민우가 물었다.

"아니, 난 찬바람 싫어하거든. 베란다 대나무 의자가 더 좋아."

서영이가 눈웃음을 쳤다. 정말 여우 같은 지지배였다. 에어컨 없으면 못 산다고 떠든 게 언젠데. 아주 갖은 짓을 해라, 해! 민우랑 단둘이 있으려고 있는 대로 머리 굴리는 꼴 좀 봐!

"그래, 그럼. 인주야. 너도 갈래?"

민우가 물었다. 서영이가 날 째려봤다. 그래, 치사해서 안 간다. 서영이한테 나도 눈을 흘겼다. 민우랑 서영이가 베란다로 나갔다. 서영이가 유리문을 닫았다. 둘은 가까이 붙어 앉아 소곤거렸다. 화장실로 달려들어가 얼굴을 씻었다. 열이 받아서 찬물이 하나도 안 시원했다. 어떡하면 박서영한테 KO 펀치를 날려줄까. 탱크 탑으로 물이 뚝뚝 떨어져 내렸다.

욕조가 대리석인 것 같았다. 아주 윤기가 반들반들 했다. 순간 어깨가 축 처져 내렸다. 민우는 나보단 서영이와 더 잘 어울려 보였다. 둘은 정말 끼리끼리였다. 아니지, 아니지. 여기서 포기해선 안 돼. 서영이 지지배한테 질 순 없어! 입술을 꽉 깨물고 머리를 흔들었다.

베란다로 가보니 서영이가 안 보였다. 민우 혼자만 있었다. 얼른 민우의 손을 잡아끌었다.

"방 좀 구경시켜주면 안 돼?"

"방? 내 방?"

"응."

민우가 날 빤히 쳐다보았다. 입술 사이로 웃음이 흘러나왔다.

"보고 싶어?"

"응."

소파에 앉아 있던 규철이가 흘끔 우리를 쳐다보았다. 민우가 뒤쪽으로 걸어갔다. 짧은 복도가 나왔다. 민우가 방문을 열고 먼저 들어갔다. 뒤따라 들어간 내가 살며시 문을 닫았다. 방이 엄청 컸다. 완전 운동장이었다. 벽에 커다란 침대가 놓여 있고 옆으로 책장이 보였다. 책은 별로 없었다. 음악 CD와 DVD만 빽빽하게 꽂혀 있었다.

"와, 방 딥따 크다."

가슴이 심하게 두근거렸다. 침이 꼴깍 하고 넘어갔다. 민우를 뚫어지게 쳐다보았다. 민우랑 키스를 하면 서영이 지지배를 단박 앞지를 것이다. 먼저 키스하자고 해볼까. 민우가 빙글거리며 내게 가까이 다가왔다.

"너 윗도리 젖었잖아."

민우가 손으로 탱크 탑을 만졌다. 얼굴이 확 달아올랐다. 민우의 손이 슬금슬금 가슴으로 올라왔다.

"어쩌다 그랬어?"

민우가 문으로 걸어가 손잡이를 눌렀다. 민우가 탱크 탑 속으로 손을 집어넣었다. 손바닥이 불처럼 뜨거웠다. 심장이 미친 듯 쾅쾅 울려대었다. 민우가 탱크 탑을 위로 끌어올렸다. 저르르 온몸으로 전기가 타고 흘렀다. 여기서 멈춰야 돼, 빨랑 민우를 밀어내야 해. 맘과 달리 손가락 하나도 까닥하지 못했다. 민우가 벨트를 끄르고 내 청바지를 벗겼다.

"너 좋아해."

민우가 귀에다 속삭였다. 스륵 몸에서 힘이 빠졌다. 이제 민우는 내 거다! 드뎌 서영이한테 이겼다! 눈을 꾹 감아버렸다.

"여자생식기는 외음부라 일컫는 외성기와 자궁, 난소 등의 내성기로 이루어져 있다. 외성기는 치골과 회음부 사이의 좌우로 부풀어오른 대음순,

안쪽에 있는 주름 부분을 일컫는 소음순, 질내와 항문 사이의 회음, 요도 구 등으로 나뉜다."

흰 가운을 입은 양호 선생이 열심히 떠들고 있다. 칠판에 남자생식기와 여자생식기가 볼썽 사납게 그려져 있다. 여자생식기는 꼭 반으로 짜개놓은 사과 같았다. 남자생식기는 더 웃겼다. 뭉툭한 오이처럼 생겼다. 여기저기서 수군거리는 소리가 들렸다. 양호가 교탁을 두드려댔다.

"남자생식기는 외부로 돌출돼 있다. 외부생식기는 음낭과 음경으로 여자와 전혀 다르다. 음경은 표피라는 껍질로 완전히 싸여 있다. 음낭은 주머니인데 여기에는 좌우 한 쌍의 정소, 부정소, 정관이 있다. 정소는 정자를 만드는 곳으로 고환이라고도 한다."

성교육 시간이라고 잔뜩 기대했는데 넘 따분했다. 눈을 반짝이던 아이들은 하나둘 하품을 해댔다. 성교육이라고 해봤자지, 뭐. 내 저럴 줄 알았다니까. 선생들이 할 줄 아는 게 용어 설명밖에 더 있겠어. 진짜 우리가 궁금한 건 알려주지 않았다. 저 정돈 인터넷만 뒤져도 누구나 찾을 수 있는 거였다.

"남자의 정자와 여자의 난자가 만나 수정이 이루어진다. 임신은 사람 등 포유류에서 배와 모체 사이에 태반이 형성되고 모체의 혈액으로부터 양분과 산소가 공급되면서 배의 발육이 진행되는 것을 말한다. 임신 상태인 배를 '태아'라고 부른다."

뒤에서 아이들이 떠들기 시작했다. 키득거리고 웃는 소리도 들렸다. 술렁이는 소리는 점점 커졌다. 양호가 봉으로 교탁을 두드렸다.

"조용, 조용."

갑자기 서영이가 번쩍 손을 들었다.

"선생님, 질문해도 돼요?"

이 지지배가 웬일인가 싶어 돌아보았다. 평소에 학구열이 넘치는 애가 절대 아니었다. 조마조마해서 서영이의 옆구리를 쳤다. 서영이는 본 체도 안 했다.

"그래, 뭔데?"

"수정 있잖아요? 어떻게 하면 수정이 안 이루어져요?"

서영이가 당돌하게 물어보았다.

"아무 일 없으면 수정이 안 되지, 그렇지 않니?"

"아무 일이 뭔 데요?"

"그건 어른이 되면 다 알게 돼."

여기저기서 술렁거리기 시작했다. 뒤쪽에서부터 우, 하는 소리가 들려왔다. 그 소리는 점점 커졌다. 이번엔 규철이가 손을 들었다.

"어쩔 수 없이 아무 일이 벌어지면 그땐 어떡해요?"

양호가 능글맞게 웃었다.

"그건 19금이라서 검열 삭제야."

다시 애들이 우, 하며 야유를 퍼부었다.

"말해 줘! 말해 줘!"

책상을 두드리며 아이들이 합창을 했다. 양호가 씩 웃었다.

"정말 그렇게 궁금하니?"

"예!"

아이들이 와, 하며 손뼉을 치고 소리를 질렀다. 딩동댕, 수업종이 울렸다.

"아쉬워서 어떡하니? 자, 오늘 수업 여기서 끝."

웬일인지 서영이랑 민우가 같이 밖으로 나갔다. 복도 창틀에 붙어 서서 얘기를 하는 게 보였다. 민우는 교실에서 나랑 마주치면 씩 웃었다. 하지만 얘기를 걸거나 사귀자는 소린 하지 않았다. 아이들이 끼리끼리 모여 떠드느라 교실이 시끄러웠다. 석구의 소리가 들렸다.

"규철아, 내가 비법 알려줄까? 밖에다 싸면 돼."

"아냐, 짜샤. 바로 샤워하면 된대."

규철이도 지지 않고 소리쳤다. 다른 목소리가 끼어들었다.

"하고 나서 오줌 싸는 게 젤 낫댄다, 뭘 알고들 설쳐."

아이들은 자기가 맞다며 시끄럽게 떠들어댔다. 규철이가 부르짖었다.

"왜 학교에선 안 알려주냐고?"

"언제 선생들이 우리가 필요한 거 가르쳐주냐?"

"뭘 기대하냐, 학교에."

"학교가 그렇지, 뭐. 일생에 도움이 안 돼."

아이들이 떠드는 소릴 듣고 있으니까 문득 걱정되기 시작했다. 설마 아무 일 없겠지? 복도에서 웃고 있는 민우한테로 고개가 딸려갔다.

청소가 끝나자 우리 반 담탱이가 들어왔다. 지겨운 종례시간이었다. 뿔테 안경 밑으로 눈알을 굴리고 교실을 둘러봤다. 모두들 눈을 감으라고 했다. 10분 명상 시간이었다.

"자, 손은 깍지껴서 허벅지에 올리고. 천천히 들숨…… 날숨. 자 다시 들숨…… 날숨. 계속해서 천천히 숨을 내쉬면서 호흡을 세기 시작한다. 이제 마음이 안정되고 점점 차분해진다. 자, 이제 미래의 자신의 모습을 그려봐라. 일류대 교문을 들어가는 당당한 자신의 얼굴을 떠올려라. 너희들은 할 수 있다."

첨에 명상을 시켰을 때 아이들은 장난치고 부스럭거렸다. 하기 싫다고 툴툴대는 애들도 많았다. 명상은 뭔 얼어죽을 명상. 얼른 쫑 내고 교실에서 도망치고 싶었다. 우리도 나름대로 바빴다. 학원 다니랴, 과외 받으랴, 몸이 두 개라도 모자랐다.

이제 학교는 다니는 곳이 아니었다. 걍 거쳐가는 곳이었다. 학원에 가기 위해 잠깐 들렀다가 가는 정거장이었다. 학원을 다니지 않으면 그놈의 성적이 나오지 않았다. 나처럼 공불 싫어하는 애들까지 죄 학원으로 내몰렸다. 근데 이상하긴 했다. 공불 싫어하는데도 성적은 잘 나왔다. 그놈의 학원 때문이다.

교실엔 아이들 숨소리만 들렸다. 모두들 눈을 감고 빨리 10분이 지나가기를 바랬다. 나도 똑같았다. 담탱이 말처럼 맘이 차분해지는 게 아니라 잡생각만 잔뜩 났다. 자꾸 그날 밤 일이 떠올라 미치겠다. 날 좋아한다고 했던 민우의 말은 진짤까.

"자, 이제 눈을 떠라. 왜 너희들이 공부를 해야 하는지 알았을 거다. 지금은 힘들더라도 일류대에 가기만 하면 다 보상받는다. 고1이라고 절대 안심해서는 안 된다. 지금부터 준비하는 자 나중에 웃게 될 것이다, 이상."

흥 속으로 코웃음을 쳤다. 일류대, 좋아하시네. 첨에 명상을 하라고 해서 우리반 담탱이는 좀 다른가 했었다. 근데 명상을 하라는 이유가 딴 데 있었다. 졸라 재수 없었다.

어제 인터넷 신문에 크게 떴던 기사가 생각났다. 하도 조회수가 높아 나도 함 읽어봤다. 우리나라 학생들, 이대로 좋은가, 뭐 그딴 기사였다. 수술실 소동이라고 작은 제목이 붙어 있었다. 일류대 의대를 나온 남자가 수술실에 들어가기 싫다고 징징거리며 울었다. 그 남잔 의대를 다니는 동안에도 엄마가 학점 관리를 다 해줬고, 대학원생한테 과외를 받았다.

거기까진 좋았다. 그 남잔 의사가 됐는데도 무서워서 수술을 못한다고 울었다. 어려서부터 엄마가 시키는 대로 했을 뿐 혼자서 할 줄 아는 게 없었다. 담탱이 말처럼 일류대에 가기만 하면 모든 게 다 되는 세상이 아니었다. 스스로 뭘 할 줄 모르면 완전 꽝이었다. 근데 어른들은 왜 그것도 모르는 걸까.

지금 우리가 학원으로 내몰리는 이유도 하나였다. 대한민국의 모든 엄마 아빠들은 자식들을 모두다 좋은 대학에 보내려고 난리였다. 좋은 대학만 나오면 평생 잘 먹고 잘 사는 걸까. 좋은 대학을 간 다음에 어떻게 살아야 할지 알려주는 사람은 하나도 없었다. 좋은 대학은 끝이 아니라 시작일 뿐인데.

담탱이가 나가자마자 아이들이 우, 몰려 나갔다. 민우가 서영이한테 눈짓을 하고 손을 흔들었다. 쿵 하고 가슴이 떨어졌다. 정말 둘이서 사귀기라도 하는 걸까. 불쑥 목까지 올라오는 말을 참느라 죽는 줄 알았다.

서영이가 가방을 뒤적거렸다.

"민우가 왜 너한테 윙크를 하니?"

"그러게."

서영이가 시큰둥하게 말했다. 지지배. 조금도 넘어가지 않았다. 오늘 하루종일 붙어 다니면서 떠보는 게 좋을 거 같았다.

"우리 학원 땡땡이 치고 딴 데 갈까?"

"어디? 우리 엄마 알면 죽이려고 할거야."

"안 들키면 되잖아. 입 꾹 다물고 있으면 어캐 알 거야?"

"학원에서 전화하지 않을까?"

"박서영 딥따 촌스럽다. 귀 이리 줘봐."

서영이 귀에다 속닥대었다. 지지배가 고개를 끄덕이고 웃었다. 그런 방법도 있다는 걸 이제 알았다는 얼굴이다.

"야, 오인주 머리 좋다. 우리 어디 갈까? 두타 갈래, 밀레 갈래? 생일날 입을 예쁜 원피스 하나 사야 되거든."

"오늘은 두타다. 고우, 고우."

교실을 나가다가 석구랑 딱 눈이 마주쳤다. 녀석이 날 보고 씩 웃었다. 그 웃음을 보자 왠지 등으로 소름이 돋았다.

－오인주, 뭐 해?

핸펀으로 문자가 들어왔다. 혹시 민우일지 몰라 가슴이 파다닥 뛰었다. 근데 뜻밖에도 김석구였다. 얘가 주제도 모르고 어디다 들이대는 거야. 민우 생일날 날보고 헤벌레하더니 가지가지 했다. 석구의 번호를 얼른 스팸으로 등록했다. 이렇게 해놓으면 문자가 와도 신경 쓸 필요 없다.

미용실에서 요란하게 웃음소리가 들려왔다. 깔깔깔 웃어대는 소리로 방문이 흔들렸다. 내다보지 않아도 뻔했다. 또 동네 아줌마들이 잔뜩 몰려와 있을 것이다. 아빠가 늦으면 아줌마들은 귀신같이 알고 우리집으로 모였다. 골목에 나가서 줄넘기라도 하려고 운동화를 신었다. 엄마까지 네 명의 아줌마들이 배가 터진 소파에 앉아 얘기꽃을 피우고 있었다. 탁자에 맥주병이 흩어져 있고, 크래커 봉지가 굴러다녔다.

"인주야, 시집가도 되겠다. 볼 때마다 이뻐진다, 얘."

아줌마 하나가 농을 던졌다. 그 말을 듣고 엄마가 얼굴을 찡그렸다.

"나 쟤 시집 안 보낼 거야. 전문직 갖게 해서 혼자 살라고 할 거야."

"왜 그래? 인주 엄마. 여자는 시집을 가서 산전수전 겪고 나야 인생의 참 맛을 알게 된다고."

아줌마들이 까르르 웃어댔다. 엄마가 좀 전보다 더 얼굴을 구겼다.

"또 우리처럼 지지고 볶고 살라고? 이렇게 살라고 하고 싶진 않아."

"이상하다, 인주 엄마. 우리처럼 사는 게 뭐 어때서?"

아줌마들이 자존심이 상한 것처럼 입술을 비죽거렸다.

"그래, 그래. 재벌 회장처럼이야 못 살지만 이렇게 사는 게 뭐 어때?"

"난 쟤 일류대 보내서 나처럼 안 살게 할 거야."

엄마 기댈 무너뜨려서 안 됐지만 난 일류대 따위 들어가고 싶지 않았다. 졸업하면 1년간 일해서 돈을 벌 것이다. 그 돈으로 여행을 떠날 것이다. 세계사 시간에 배운 여러 나라를 내 눈으로 꼭 보고 싶었다. 대학을 가든, 다른 일을 하든 그 여행이 끝난 뒤 생각할 것이다. 입술이 두꺼운 아줌마가 무릎을 쳤다.

"맞다, 인주가 공부 잘한다고 했지?"

아줌마들이 부러운 눈으로 날 쳐다봤다. 미용실 문까지의 거리가 이렇게 먼 줄 몰랐다. 엄마가 내 손에 들려있는 줄넘기를 째려봤다.

"뺄 살도 없는 애가 그건 뭐 하러. 학원에서 배운 거 다 복습했니?"

"했어."

아줌마들의 눈들이 한꺼번에 내게로 쏠렸다. 얼굴이 다 화끈거렸다. 이렇게 많은 아줌마들 앞에서 꼭 그런 투로 물어볼 건 뭐야. 얼른 골목으로 내뺐다. 등뒤에서 아줌마들이 속닥거렸다.

"그래도 부럽다. 인주 학원 몇 개나 해?"

"셋. 기본만 하지, 뭐."

"부럽다. 타고난 머리도 있어야 하나봐? 우리 아들 녀석은 암만 시켜도 안 되던데."

아줌마들이 한탄하는 소리가 들렸다. 골목에서 팡팡 줄넘기를 넘었다. 바닥에 줄이 부딪치는 소리가 상쾌했다. 타고난 머리라. 풋. 속으로 웃음이 터졌다. 정말 우리 나라 아줌마들 뭘 몰라도 넘 몰랐다. 학교 공부는 대단한 게 아니었다. 걍 들입다 외우면 끝나는 거였다. 스스로 뭘 생각해서 푸는 문제가 하나도 없었다.

학교 공부를 잘하는 건 기술적인 뇌가 좋다는 것뿐이다. 사람의 뇌는 '기술적인 뇌'와 '창조적인 뇌'가 다르다고 한다. 학교 공부를 못해도 '창조적인 뇌'가 발달한 사람은 나중에 자신의 삶을 가꾸고 살아간다고 정신과 의사가 그랬다.

지난 일요일이었다. 책을 읽다 따분해 이리저리 TV 리모컨을 눌렀다. 교육 방송에서 뭔 특집을 하고 있었다. 머리가 벗겨지고 검은 안경을 낀 남자가 하는 소리가 맘에 쏙 들었다. 문득 손을 멈췄다.

"아이들한테 공부, 공부, 하지 마세요. 공부 잘하는 건 '기술적인 뇌'가 발달한 것뿐이에요. 아이들이 나중에 커서 한 사람의 당당한 인간으로 살아가려면 '기술적인 뇌' 보다 '창조적인 뇌'가 더 발달해야 합니다. '창조적인 뇌'가 발달한 사람은 당장에 공부를 못하고 좋은 대학을 못 나와도 자신의 삶을 스스로 창조하면서 살아갑니다. 좀 기다리세요. 그리고 아이들한테 공부만 하라고 강요하지 마세요. 어떤 직업을 선택하든 앞으로 '창조적인 뇌'는 꼭 필요합니다. '창조적인 뇌'를 발달시키려면 아이들한테 책을 읽게 하고 낯선 곳으로 여행을 보내세요. 스스로 생각하게끔, 혼자서 뭘 할 수 있는 힘을 길러주는 게 무엇보다 중요합니다."

나만 듣고 있기가 넘 아쉬웠다. 엄마를 부르려고 미용실로 향한 문을 밀었다. 손님의 머리를 드라이하면서 웃고 있는 엄마가 보였다. 시끄러운 드라이기 소리 너머로 엄마가 손님이랑 드라마 얘길 떠들고 있었다. 드라마 따위나 보지 말고 저런 소리에 귀 좀 기울이면 얼마나 좋아!

골목 앞쪽에서 흥얼거리는 노랫소리가 들렸다. 아빠가 비틀거리며 골목을 걸어 올라오고 있다. 줄넘기를 하다말고 잽싸게 아빠한테 뛰어갔다. 아빠가 내 얼굴을 보더니 좋아서 마구 쓰다듬었다. 아빠 겨드랑이에 한 팔을 집어넣고 부축했다. 생각보다 넘 무거웠다.

"이게, 누구야? 우리 딸, 인주 아냐? 인주야, 세상 사는 게 힘들어서 오늘도 한 잔 했다. 어구, 우리 딸. 아빠 마중 나왔구나. 내가 우리 인주 땜에 산다."

아빠가 따가운 얼굴을 마구 부벼댔다. 아빠가 온 줄 알았는지 동네 아줌마들이 미용실에서 나와 쫙 흩어졌다. 엄마가 뿔난 얼굴로 미용실 문 앞에 버티고 서서 우리 부녀를 노려보았다.

    여름 방학을 한 지도 한 달이 지났다. 아침부터 서영이랑 만나서 밀레에 갔다. 점심도 안 먹고 둘이서 돌아다녔다. 이상하게 좀 피곤했다. 이번 달 생리가 나오지 않았다. 가끔 피곤하면 한 달은 건너 뛸 때도 있었다. 맘에 좀 걸렸지만 별 일 아녔다.

    서영이의 원피스를 찾으러 1층부터 5층까지 샅샅이 뒤졌다. 내 눈에 괜찮아 보여 가리키면 그때마다 지지배는 머리를 흔들었다. 얼마나 대단한 걸 사려고 하는 지 진짜 짱났다. 발바닥이 아프고 종아리도 쿡쿡 쑤셨다. 좀 쉬었다 가자고 해도 지지배는 들은 척도 하지 않았다.

    "괜찮은 거 많은 데 걍 사자. 너 또 공주 옷 사려고 하지?"

    "맘에 드는 게 없어."

    서영이가 투덜거렸다. 누구 땜에 하루 종일 이 고생을 했는데 진짜 얄미웠다. 얘가 요즘 왜 이렇게 까탈부리는지 모르겠다.

    "네가 백설공주냐? 인어공주냐? 좀 대충 좀 고르면 안 되니?"

    "생일날 이쁘게 입으려고 그러지."

    "두 달이나 남았잖아? 왜 벌써부터 난리야?"

    "민우한테 이쁘게 보이고 싶단 말야!"

    "민우가 너 쳐다본다니?"

    말투가 삐딱하게 나갔다. 서영이가 내 눈을 똑바로 쳐다보며 싱글거렸다.

    "인주야, 우리 사겨."

"뭐… 어? 언제부터?"

"민우 생일날부터."

"너, 정말이야? 박서영?"

눈이 튀어나올 것 같았다. 어금니를 꽉 깨물었다. 하늘이 흔들리고 땅
이 쫙쫙 갈라졌다. 쾅쾅쾅 귀에서 폭죽이 미친 듯 터졌다. 민우 자식이 옆
에 있다면 콱 물어뜯었을지도 몰랐다. 나랑 자놓고 서영이를 사귀다니. 그
런 바람둥이 줄 알았으면 좋아하지도 않았을 텐데. 오늘부터 그딴 자식
은 나한테도 필요 없었다. 서영이가 의기양양한 얼굴로 내 팔짱을 꼈다.

"인주야, 지하로 내려가자. 내가 햄버거랑 콜라 쏠게."

우리는 에스컬레이터를 타고 아래로 내려갔다. 서영이한테 티를 안 내
려고 겨우 따라 갔다. 얼굴 구기고 있으면 서영이만 신날 것이다. 그런 건
진짜 눈꼴시어서 못 본다. 계산대 앞에서 서영이가 돌아보았다.

"뭐 먹을래?"

"더블 버거 세트 하나에 치즈버거 하나, 프렌치 프라이, 콜라는 라지로."

서영이가 놀라서 쳐다보았다.

"너 진짜 그거 다 먹을 수 있어?"

"요새 좀 땡기네. 킹카 채가 놓곤 이 정돈 쏴야 하는 거 아니니?"

얄밉게 쏘아 붙였다.

"지지배, 난 다이어트 중이어서 못 도와준다. 난 콜라만 마실래."

쟁반을 들고 와 허겁지겁 입에다 쑤셔넣었다. 서영이가 입을 딱 벌렸다.
오늘따라 왜 이리 음식이 당길까. 민우 자식 땜에 스트레스 받아서 그런
가. 하긴 뭐 스트레스는 먹는 걸로 푸는 게 최고지. 치즈버거를 한 입 베

어먹는데 서영이가 벙 찐 표정으로 쳐다봤다.

"너 그렇게 먹다 나중에 후회한다."

"야야, 난 먹어도 잘 안 쪄. 난 다이어트하는 애들 진짜 이해 안 되더라. 너, 몇 키로야?"

"안 갈켜줘."

서영이가 샐쭉한 얼굴로 콜라를 빨아들였다. 지지배를 보면서 속으로 잠깐 갈등 때렸다. 민우하고 잤다고 확 불어버려, 말아. 눈치를 보니까 서영이는 모르는 것 같았다. 알았다면 저 지지배가 가만 있을 리 없다. 프렌치 프라이를 먹어 치우는 내게 서영이가 미안한 얼굴로 말했다.

"너 민우 좋아했지? 인주야, 진짜 미안해서 어쩌니?"

"난 괜찮아. 너 가져."

서영이가 얼굴을 찡그렸다. 그깟 민우 자식 하나도 아쉽지 않았다. 서영이한테 민우를 뺏긴 게 차라리 잘 된 것 같았다. 그딴 애를 목매달고 좋아했다니. 내 얼굴이 다 화끈거렸다. 아마 그날 밤 난 미친 게 틀림없었다.

"오인주! 너 그러다 지각한다!"

미용실에 있던 엄마가 밖에서 소리를 질렀다. 개학한 지 일주일 쨰였다. 9월이라고 아침에는 제법 선선한 바람이 불었다. 근데도 아침마다 일어나는 게 넘 힘들었다. 요새 왜 이렇게 몸이 처지는지 몰랐다. 자꾸 졸리고 몸에서 열이 났다. 이빨을 닦다가 구역질이 자주 올라왔다. 또 께름칙한 것도 있었다. 두 달째 생리가 나오지 않았다. 거의 없던 일이었다. 엄마가 방문을 열어 젖히고 쿵쿵거리며 들어왔다.

"너, 요새 왜 이렇게 잠이 늘었어? 내년이면 고2다. 지금 성적 유지하려면 앞으론 더 바짝 긴장해서 공부해야 돼. 애가 지금 때가 어느 때라고 늘어지게 자고 난리야?"

이불을 홱 걷은 채 눈을 부라렸다.

"너 담달부터 과외 좀 받아. 용주 오빠 알지? 걔 이번에 제대했는데 복학하기 전까지 너 좀 가르쳐 달라고 말해놨어. 국영수 해주기로 했으니까 그렇게 알아."

싫다는 말이 목까지 튀어나왔다. 나한텐 물어보지도 않고 진짜 자기 맘대로였다. 공부는 지금 다니는 학원이면 충분했다. 일찌감치 꿈 깨는 게 좋았다. 난 엄마가 바라는 일류대에 결코 들어가지 않을 거다. 그걸 알게 되면 엄마는 까무러칠까, 아님 거품 물고 쓰러질까. 난 엄마가 원하는 길이 아니라 내가 가고 싶은 길을 갈 거다.

종례가 끝나고 아이들은 바쁘게 사라졌다. 서영이를 교문 앞에서 겨우 떼어냈다. 민우 줄 핸편 보러 가자고 꼬드기는 걸 학원 간다고 따돌렸다. 선물로 핸편을 사주다니. 진짜 있는 집 애들은 뭐가 달랐다. 오늘은 학원보다 더 중요한 볼일이 있었다. 가방 속에 약국에서 준 봉투가 들어 있다. 가슴이 쿵쿵 뛰는 소리가 들리는 듯 했다.

테마폴리스는 쾅쾅 울려대는 음악소리로 시끄러웠다. 가방을 멘 아이들이 이리저리 쓸려 다녔다. 내 또래로 보이는 애들이 많았다. 부모들이야 다 학원 간 줄 알겠지만 빠져나갈 구멍은 어디나 널렸다.

옷이나 신발 따위엔 눈길도 주지 않고 곧장 걸었다. 2층에 있는 화장실로 들어갔다. 옆 칸에서 애들이 담배를 피우고 있는지 깔깔거리는 소리가 들렸다. 아직은 기다려야 했다. 좀 지나니까 문이 열리고 여자애들이 우루루 화장실을 빠져나갔다. 매캐한 냄새 때문에 기침이 터져나왔다.

문을 잠그고 변기에 걸터앉았다. 가슴 뛰는 소리가 더 크게 들렸다. 멍하게 앉아 있다가 무릎에 내려놓은 가방을 열었다. 손이 떨려서 몇 번이나 지퍼가 미끄러졌다. 봉투를 열어서 상자를 찢었다. 분홍색 임신 테스터기를 꺼냈다. 안에 들어 있는 설명서를 꼼꼼히 읽었다.

1분… 2분… 3분. 시간이 느리게 지나갔다. 눈을 꼭 감고 속으로 미친 듯 빌었다. 제발, 제발. 아무 일이 없기를, 아무 일도 일어나지 않기를, 싹싹 빌었다. 눈을 뜨고 도저히 테스터기를 볼 자신이 없었다.

스틱엔 줄이 두 개였다. 눈을 비비고 또다시 뚫어지게 쳐다보았다. 떨리는 손으로 설명서를 들고 다시 읽었다. 그래도 믿어지지가 않았다. '임신'이 맞는 것 같았다. 울음이 터질 것 같아 손으로 입을 틀어막았다. 이걸 어쩌지. 눈에 아무것도 안 보였다. 아무 소리도 들리지 않았다.

넘 무서워 죽을 것 같았다. 발부터 서서히 떨려오기 시작하더니 좀 있으니까 온 몸이 덜덜 떨려왔다. 떨림은 좀체 가라앉지 않았다. 내가 그날 왜 그랬을까. 서영이랑 사귈 놈이었는데. 내가 정말 미쳤다. 미친 자식. 서영이랑 사귈 거면서 왜 나한테 덤벼들었을까. 확 서영이한테 꼰질러 버릴까. 그래서 둘 다 찢어놓을까. 이런 거 막을 방법도 안 알려주면서 성교육은 왜 하고 지랄이야.

무서움이 사라지자 누구한테든 막 욕이 나왔다. 서영이도 민우도 학교 선생들도 하나 같이 미웠다. 나한테 이런 일이 생겼다는 게 정말 싫었다.

왜 하필이면 나일까. 머릿속으로 리틀맘…… 어쩌고 하던 인터넷 기사가 떠올랐다. 사람들의 손가락질과 싸늘한 눈빛도 함께 떠올랐다. 마구 머리를 저었다. 민우한테 알려야 하는 걸까, 아님 서영이한테 다 털어놓고 도와달라고 할까. 엄마나 아빠한텐 죽어도 말못했다. 그건 맞아 죽는 것보다 더 싫었다.

'아무리 생각해도 그 수밖에 없지, 뭐. 할 수 없잖아?'

테스터기를 쓰레기 통 속에 버리고 일어났다. 밖으로 나오자마자 핸펀을 열고 번호를 눌렀다.

"여보세요?"

"나, 인주야."

꼴깍, 침이 먼저 넘어갔다.

피시방 라이프

"내 고추 보여줄까?"

구석진 계단 참에서 아이가 손을 잡아끌었다. 해진 바짓단이 까맣게 때가 전 운동화 위를 덮고 있다. 아이는 씨익 웃더니 바지 지퍼를 잡아 내렸다. 스르륵 내려오던 바지가 발목에 걸린 채 멈추었다. 아이는 또 씨익 웃었다. 그러고 나서 흰 빤스를 끌어내렸다. 소름이 돋은 허벅지 사이로 고추가 숨어서 대롱거렸다. 아이가 속삭였다.

"만져볼래?"

"홍."

코웃음을 치자 아이가 애원하는 목소리로 말했다.

"만져봐. 그리고 나 천 원만 줘."

"없어."

꿈도 꾸지 말라는 듯 매몰차게 쏘아붙였다. 눈을 흘기고 계단을 내려오는데 등뒤에서 아이가 비굴하게 말했다.

"배고파 죽겠어."

아이가 배를 만지며 처량한 표정을 지었다.

"멍청이."

아이에게 혀를 날름 빼물고 나서 그냥 계단을 달려 내려왔다. 아까부터 근처를 맴돌면서 계속 눈짓을 하길래 무슨 일인가 따라가 보았다. 그랬더니 역시 바보 같은 소리만 지껄이고 있다. 저 아이가 피시방에 나타난 건 한 달 전부터였다. 의자 사이를 기웃거리며 사람들이 먹다 둔 과자봉지나 사발면 따위를 노리고 다녔다. 그러다 주인 아저씨한테 들켜서 몇 번이나 머리를 쥐어박혔다.

피시방 문을 열고 안으로 들어갔다. 훅 하고 담배 냄새와 사발 면 냄새, 김치 냄새들이 한꺼번에 코로 달려들었다. 그런 냄새들은 싫지만 추운데 있다 들어와서 몸은 따뜻했다. 삐융삐융. 전자음 소리가 귀를 비집고 들어왔다. 우리 식구가 있는 칸막이 쪽으로 몸을 움직였다.

엄마랑 영호는 보이지 않았다. 아빠는 의자에 몸을 파묻은 채 앉아서 칼로 괴물만 죽이고 있다. 아빠는 내가 왔는지도 관심이 없고 새빨개진 눈으로 컴퓨터 화면을 보고 있다. 떡이 되어 엉긴 머리카락을 마우스를 잡지 않은 손으로 피가 나게 긁었다.

"아, 씨발. 가려워 죽겠네."

투덜거림도 잠깐 아빠는 다시 게임 속으로 빠져들었다. 난 살며시 아빠 옆에 있는 의자에 몸을 묻었다. 컴퓨터를 켜고 마우스를 움직였다. 아빠처럼 게임에 몰두해보려고 하지만 별로 재미가 없다. 머릿속으로 여러 가지의 생각들이 떠다녔다.

우리 식구들이 이곳으로 온 지는 두 달쯤 되었다. 전에 있던 피시방에서는 한 일 년쯤 살았다. 처음 거기서 살 땐 아빠는 피시방 아저씨와 사이가 좋았다. 컵라면이나 과자를 안주 삼아 둘이서 소주를 마시기도 했고 아저씨는 삶은 달걀을 나와 영호에게 나눠주기도 했다. 그러나 어느 날부터 아빠는 의자에 죽치고 앉아 게임에만 몰두했다. 돈이 떨어져도 새벽시장에 나가지 않았다. 밤마다 아저씨와 아빠는 문 앞에서 삿대질을 했다. 돈을 내라는 아저씨와 없다고 버티는 아빠의 실랑이었다.

피시방에서 네 식구가 살려면 하루에 팔천 원이 들었다. 먹는 건 컵라면이나 빵으로 때우고, 잠은 의자에서 새우처럼 몸을 말고 잤다. 얼굴은 건물에 딸린 화장실에서 씻었다. 그러나 지금 같은 겨울이면 찬물이 살갗을 찔러 세수를 하고 나면 얼굴이 벌겋게 달아올랐다. 처음에 나도 얼굴을 씻는 게 너무나 싫었다. 하지만 금방 깨달았다. 얼굴이 깨끗하지 않으면 사람들이 가까이 오지 않았다. 또 문방구나 포장마차에 들어가려면 얼굴이 깨끗해야 했다. 그 후론 찬물이 아무리 따가워도 참고 얼굴을 씻었다. 그 어느 날 피시방 아저씨는 아빠의 멱살을 잡아서 거리로 패대기쳤다.

"그 동안 쓴 사용료 내든지 아님 당장 꺼져!"

아저씨는 식식거리며 당장 이란 소리를 몇 번이나 되풀이했다. 아빠가 며칠만 봐달라고 바짓가랑이를 잡고 늘어졌지만 아저씨는 다리를 흔들어 털어 냈다.

"있어, 없어?"

아빠는 체념한 것처럼 까치집 머리를 느리게 흔들었다. 그러자 아저씨의 눈이 다시 험악하게 일그러졌다.

"일도 안 나가고 완전 미쳤구만. 이젠."

아저씨는 머리를 절레거리더니 문을 꽝 닫고 들어가 버렸다. 피시방 아저씨의 뒷모습은 우리를 쫓아내던 월세 집 아저씨와 비슷했다. 생김새는 달랐지만 그 아저씨들은 하나 같이 아빠에게 화를 냈고 얼굴을 일그러뜨렸다. 피시방 아저씨가 던진 가방 하나가 밑이 터져서 땅바닥에 굴러다니고 있었다. 아빠는 부아가 난다는 얼굴로 터진 가방을 발로 걷어찼다. 눈치 없이 영호가 훌쩍거리고 있었다.

"이년아, 어딜 그리 싸돌아 댕겨?"

뒤통수에 엄마의 손바닥이 날아와 박혔다. 어느 새 다가왔는지 영호 손을 붙잡고 등뒤에 서 있다. 영호는 헛바닥이 빨갛게 물든 채 열심히 막대 사탕 하나를 빨고 있다. 내가 쳐다보자 빼앗기지 않으려는 듯 엄마 뒤로 몸을 웅크렸다. 엄마는 굼뜨게 몸을 움직여 벽에 붙여놓은 의자에 걸터앉았다. 엄마의 다리와 얼굴은 퉁퉁 부어 있었다. 다리와 얼굴뿐만이 아니었다. 당뇨 때문에 온몸이 점점 부어가고 있었다. 엄마가 혼자 푸념을 하는 소리를 들어보면 약을 빼놓지 않고 먹어야 하는데 우리에겐 그런 돈이 없었다. 지금 엄마가 먹을 약이 문제가 아니었다. 우리 가족에겐 그날그날 먹을 음식도 없었고 따뜻한 잠자리도 없었고 낯선 사람이 함부로 문을 두들기지 않고 맘놓고 똥을 쌀 그런 집도 없었다.

엄마가 종이 봉지를 부스럭거리며 안에서 붕어빵을 꺼내었다. 엄마는 영호한테 하나를 주고 아빠한테도 내밀었다. 하지만 게임에 빠져 있는 아빠는 충혈된 눈으로 흘끗 쳐다보곤 고개를 돌려버렸다. 아빠는 게임을 할 땐 먹는 것도 잠자는 것도 씻는 것도 하지 않았다. 무엇보다 누가 자신을 건드리는 걸 싫어했다. 지금 엄마가 아빠에게 붕어빵을 건네주어봤자 날아오는 건 고함이나 손찌검밖에 없었다. 엄마나 나는 물론 그건 여섯 살 영호까지 다 알고 있었다.

내가 손을 내밀자 엄마는 마지못한 듯 하나를 건네주었다. 이 붕어빵이 오늘 우리의 점심이었다. 재빨리 하나를 먹어치운 영호가 다시 붕어빵 하나를 날쌔게 움켜쥐었다. 나한테 빼앗기지 않으려는 듯 허겁지겁 입 속에 쑤셔 넣었다.

영호가 무엇이든 빨리 먹어치우는 대신 난 조금씩 붕어빵을 뜯어먹었다. 혀로 달착지근하고 감미로운 단팥 맛이 느껴졌다. 우리 가족이 길로 나왔을 때부터였다. 배고픔을 느끼지 않으려고 무엇이든 입에 들어오면 오래오래 씹었다. 그게 영호 것을 빼앗아 먹는 것보다 엄마한테 더 달라고 손을 내미는 것보다 편했다.

엄마는 붕어빵을 오물거리면서 아빠를 멀거니 쳐다보고 있었다. 아빠가 아침에 일을 하러 나가지 않은 지 벌써 한 달이 가까워지고 있었다. 엄마가 컵라면도 아니고 붕어빵을 사온다는 건 이제 돈도 다 떨어지고 없다는 거였다. 돈이 떨어졌다는 둥, 먹을 게 없다는 둥 그런 소리를 해봤자 아빠는 들은 척도 하지 않았다. 아니 아빠의 심기를 건드렸다간 뻔하니까 아무 소리도 못했다. 난 의자에서 일어나 조용히 피시방을 빠져 나왔다.

길에는 지난 밤 내렸던 눈이 까맣게 변해 질척거렸다. 채 녹지 않은 곳에는 누가 발을 대고 눌렀는지 커다란 발자국 하나가 찍혀 있었다. 나도 그 옆에다 쾅쾅 발자국을 찍었다. 저쪽에서 가방을 둘러멘 여자애 둘이 걸어오며 내가 하는 걸 지켜보았다. 그 중에 눈이 가느스름한 애가 분홍 리본을 묶은 여자애에게 뭐라고 소곤거렸다. 그러자 분홍 리본을 묶은 여자애가 날 쳐다보더니 까르르 웃었다. 여자애들은 피시방 옆의 보습학원 건물로 사라졌다.

여자애들이 짊어진 가방을 보자 눈물이 핑 돌았다. 나도 학교를 다니고 싶다. 나도 공부를 하고 싶다. 보습학원은 안 다녀도 좋다. 학교에 가고 싶다. 입술을 깨물며 눈물을 훔쳤다. 우리 가족이 아직 월세 방에 살고 있을 때 나도 학교를 다녔다. 아빠는 그때도 피시방을 들락거렸지만 지금처럼 일을 안 하지는 않았다. 입학식 날에는 차가운 바람이 쌀쌀하게 불었는데 엄마는 영호 손을 잡고 뒷줄에 서 있었다. 영호가 콧물을 흘려서 엄마는 몇 번이나 휴지로 닦아주었다. 그때는 엄마도 화풀이하는 것처럼 날 때리지 않았고 약도 꼬박꼬박 먹어서 몸도 퉁퉁 붓지 않을 때였다.

난 입학식 전날부터 엄마한테 노란 원피스를 사달라고 떼를 썼지만 소용이 없었다. 엄마는 돈이 어딨냐고 버럭 짜증을 내었다. 그리곤 내가 사달라는 옷 대신에 노란색 실핀을 하나 사주었다. 옆으로 흘러내린 단발머리에 핀을 꽂고 부아가 나서 엄마와 영호가 서 있는 쪽은 쳐다보지도 않았다. 3학년에 올라가고 얼마 지나지 않았을 즈음 우리 가족은 거리로 쫓겨났다. 그날은 황사 바람까지 불어서 날도 추웠고 모래 먼지 때문에 눈도 뜰 수가 없었다.

"아, 드러워서."

아빠는 분에 못 이긴 듯 길거리에 찍 하고 침을 뱉었다. 아빠는 한바탕 욕을 퍼붓고 난 뒤 입에다 담배를 물었다. 엄마와 우리들은 몸을 오슬오슬 떨며 서 있었다. 엄마는 고개를 숙이고 아무 말이 없었다. 춥다고 아빠를 채근하지도 않았고 빨리 가자고 재촉하지도 않았다. 담배를 다 피운 아빠는 꽁초를 그 집 대문을 향해 던졌다.

"이거나 먹어라, 좆도."

아빠는 분이 풀리지 않는 얼굴로 월세 집 문에 발길질을 해대곤 상가가 있는 쪽으로 걸음을 옮겼다. 엄마도 그제야 영호의 손을 잡아끌고서 아빠의 뒤를 따랐다. 엄마는 이제 난 안중에도 없었다. 내가 그 자리에 서 있는 것도 모른 채 가족들은 모래 바람 사이로 멀어져갔다. 이대로 발길을 돌려 사라져버릴까. 순간 그런 생각을 했다. 내가 사라져 버려도 누구 하나 모를 것이다.

"안 오고 뭐해."

엄마가 뒤를 돌아보고 앙칼지게 소리쳤다. 아마도 엄마가 1초만 늦게 고개를 돌렸더라도 그들을 따라가지 않았을지도 몰랐다. 어떤 찰나적인 느낌이었지만 앞으론 엄마에게 영원히 노란 원피스를 사달라는 말을 할 수 없다는 걸 느끼고 있었다. 그리고 영호처럼 투정부리는 짓도 할 수 없다는 걸.

모퉁이를 돌자 소란스러운 시장 골목이 나타났다. 채소와 생선을 파는 가게들 뒤편에 붕어빵을 굽는 아저씨가 있다. 배가 고파서인지 고소한 냄새가 유난히 코로 밀려들었다. 나도 모르게 발이 저절로 그쪽으로 움직였다. 검은 틀에는 이제 막 구워진 노릇노릇한 붕어빵들이 나오고 있었다.

처다보는 걸 보았는지 아저씨가 붕어빵 하나를 내밀었다. 냉큼 낚아채는 데 아저씨가 살그머니 고개를 흔들었다. 아저씨는 사방을 이리저리 곁눈 질하더니 포장 안쪽으로 손짓을 했다.

"먹고 싶냐?"

침을 꼴깍 삼키고 고개를 끄덕였다. 아저씨가 물끄러미 처다보았다.

"그럼 아저씨가 하라는 거 할 수 있어?"

의아한 눈으로 처다보자 아저씨가 말했다.

"아저씨가 좀 변태라서."

윙크를 하며 씨익 웃었다.

"아는 노래 있음 불러봐라. 그냥은 안 되지."

내가 '엄마곰 아빠곰 아기 곰'을 부르는 동안 아저씨는 고개를 까닥거리 며 검은 틀에 밀가루 반죽을 부었다. 아저씨는 노래가 맘에 들었는지 붕 어빵을 뒤집으며 말했다.

"더 먹고 싶음 또 불러봐라."

노래 3개를 연달아 부르고 붕어빵 4개를 먹어치웠다. 겨우 배에서 들 끓던 허기가 조금 가라앉았다. 더 먹었으면 좋겠다는 생각을 하고 있는데 아저씨가 물었다.

"너 스타 피시방에서 살지?"

"아뇨."

"그래?"

"우리 집은 저기예요."

아파트 단지 쪽을 가리키자 아저씨는 건성으로 고개를 끄덕거렸다. 하지만 내 말을 믿는 눈치는 아니었다. 피시방에 시간 때우러 오는 사람들과 달리 거기서 사는 사람들은 금방 표가 났다. 의자에 던져놓은 큼지막한 가방과 보퉁이들, 빤스나 양말을 빨아 의자에 주렁주렁 매달아 놓은 모습, 몇 날 며칠 감지 않아 떡이 된 머리와 후줄근한 옷차림, 그리고 코를 골면서 자는 모습까지. 어떤 사람에겐 잠깐 스쳐 가는 곳이 어떤 사람들에겐 방이며 화장실이며 집이었다. 우리 식구도 언제까지 거기서 살아야 하는지 모른다. 아빠가 우리들이 살 방이나 집을 얻지 않는 이상 피시방을 떠날 수 없을 것이다. 아무도 나의 생존 따위엔 관심이 없었다. 엄마도 아빠도 거리에서 마주치는 그 어떤 사람도. 학교에 다니고 싶은 것, 책을 읽고 싶은 것, 공책에 무언가를 쓰고 싶은 것, 친구들과 놀고 싶은 것들은 다 잊어야 했다. 그것들은 지금 다 사치일 뿐이었다.

아저씨가 허리를 굽히고 주전자에 밀가루 반죽을 붓는 동안 날름 붕어빵 하나를 집어들었다. 아저씨가 고개를 들기 전에 빠른 속도로 먹어치웠다. 내가 포장마차를 떠나는데 아저씨는 "다음에도 와." 했다. 못 들은 체 다리를 움직였다.

2층 계단 참에 딸린 화장실 문을 열고 얼굴이 벌겋게 달아오른 남자가 나오고 있었다. 1층엔 맥줏집이 있었는데 가끔은 이렇게 낮에도 술 취한 사람들이 왔다갔다했다. 남자는 중심을 못 잡고 다리를 건들거리며 지퍼를 올렸다. 남자가 돌아서기 전에 얼른 침을 묻혀서 양쪽 눈 밑에다 발랐다. 그리고 손을 벌려서 남자에게 내밀었다.

"아저씨, 배가 고파요."

처량한 목소리로 남자의 바짓가랑이를 붙잡았다. 남자는 성가셔 하는 눈으로 쳐다보았다.

"3일 동안 굶었어요…."

"그래서 어쩌라고?"

남자는 내 손을 뿌리쳤다.

"돈 좀 주세요."

"돈?"

남자는 콧방귀를 꼈다.

"술 마시고 죽을 돈도 없다."

"제발 좀 도와주세요."

흐느끼는 목소리로 매달렸다. 가끔은 이쪽에서 돈을 주는 사람들도 더러 있었다. 그러나 대부분은 자기 일이 아니라는 듯 쌀쌀맞게 돌아섰다. 나도 처음엔 그런 사람들을 욕했지만 지금은 그럴 필요가 없었다. 남자가 귀찮은 얼굴로 손을 내저었다.

"자 자 비켜."

남자가 갈 짓자 걸음으로 등을 돌리려는 찰나였다. 내 손이 남자의 뒤 주머니에 꽂혀 있는 장지갑에 닿았다. 순식간에 지갑 속에서 초록 지폐를 꺼낸 다음 다시 남자의 뒷주머니에 찔렀다. 남자는 무슨 느낌이 들었는지 엉거주춤 돌아보았다. 그러더니 손을 휘저으며 계단을 내려갔다.

단숨에 계단을 뛰어올라 피시방 손잡이를 잡아당겼다. 아빠는 정신없이 게임에 몰두하느라 내가 뒤에 서 있는 줄도 몰랐다. 엄마와 영호는 등 뒤의 의자에 앉아 수건을 두르고 잠에 빠져 있었다. 아빠가 달라붙어 있는 화면 안엔 괴상하게 생긴 괴물들이 우글거리고 있었다. 갑옷을 입은 남자가 그 괴물들의 몸을 하나씩 베고 있었다. 아빠는 눈이 벌건 채 괴물들을 잡으러 다녔다. 엄마와 영호는 서로 끌어안은 채 단잠에서 깨어나지 않았다. 영호가 베어먹다 만 붕어빵이 손에서 스륵 떨어졌다.

지퍼가 벌어진 가방 속에서 미처 다 들어가지 못한 속옷들이 밖으로 튀어 나와 있다. 창틀에 늘어놓은 플라스틱 컵과 칫솔들, 치약, 세수 비누, 한쪽 알이 깨진 영호의 안경, 머리 묶는 고무줄. 마구잡이로 섞여 있는 물건들을 보고 있으니까 슬프다. 난 이렇게 영원히 살아야 하는 것일까.

붉은 눈으로 게임에 빠져 있는 아빠의 등을 쏘아보았다. 아빠는 한 달이 넘도록 꼼짝도 하지 않고 게임만 하고 있다. 아빠가 저 의자에 달라붙어 있는 동안 학교도 집도 점점 멀어졌다. 계단을 올라오는 동안 속으로 얼마나 빌었는지 모른다. 기적이 일어나 아빠가 일을 하러 나갔기를. 아니 차라리 아빠가 눈을 하얗게 까뒤집고 저 의자에서 죽어버렸기를. 난 피시방까지 올라오는 계단을 밟으며 나무 이파리를 한 장씩 떼어내듯 속삭였다. 아빠가 일을 나갔다, 아빠가 일을 나가지 않았다. 아빠가 죽었다, 아빠가 죽지 않았다. 하지만 오늘도 내 바람은 여지없이 깨지고 말았다. 아빠는 일도 나가지 않았고 죽지도 않았다. 실망으로 어깨가 축 처졌다. 아빠의 등을 원망스럽게 쏘아보다가 몸을 돌렸다.

보습학원이 있는 건물로 들어갔다. 3학년 반이라고 써진 유리문 뒤에 몸을 숨기고 안을 들여다보았다. 아까 발자국을 찍던 날 비웃던 여자아이 둘이 거기 앉아 있었다. 이 시간쯤은 언제나 국어를 배웠다. 학원 선생님이 칠판에 '오늘의 작문은?' 하고 쓴 다음 그 옆에 '고양이' 라고 커다랗게 휘갈겼다. 분홍 리본을 묶은 여자아이가 까르르 웃음을 터트렸다. 선생님은 아이들한테 글을 쓰라고 하는 듯 노트를 두드렸다. 아이들이 고개를 숙이고 연필을 쥐었다.

　나도 복도에 앉아 머릿속으로 연필을 쥔 손을 사각사각 움직였다. 콘크리트에서 올라온 차가운 냉기가 엉덩이를 뚫을 듯 타고 올라왔다. 어느 날 강가를 걷고 있었어요. 개나리 울타리 밑에 고양이 한 마리가 늘어지게 자고 있었어요. 녀석은 따듯한 봄볕을 쬐다가 잠이 든 것 같았어요. 그때였어요. 산책을 나왔던 아줌마와 개 한 마리가 고양이가 있는 쪽으로 다가왔어요. 개가 고양이를 보고 소리 높여 짖어대기 시작했어요. 개는 흥분을 해서 쿵쿵 난리도 아니었어요. 아줌마는 목줄을 감아쥐고 재미있다는 얼굴로 고양이를 지켜보고 있었어요. 그 순간 궁금해졌어요. 고양이와 개가 싸우면 누가 이길까요. 따듯한 햇빛 아래에서 잠을 자던 고양이는 소란스러운 소리에 눈을 뜨고 개를 노려보았어요. 뭐 저런 게 다 있어, 하는 눈빛이었어요. 하지만 개를 피해서 도망가거나 하지는 않았어요. 개는 짖어대고 고양이는 꼿꼿하게 선 채 서로를 노려보기만 했어요. 계속 짖기만 하는 모습에 싫증이 난 아줌마가 개의 목줄을 끌고 그 자리를 떠났어요. 고양이는 다시 울타리 밑에서 눈을 감았어요. 이렇게 따듯한 봄날 제발 아무도 날 깨우지 말아줘, 하는 얼굴로 말이지요.

　난 작문을 끝내고 일어나 엉덩이를 털었다. 날마다 이 시간에 여기로 오는 건 글을 까먹지 않기 위해서다. 이렇게라도 공부를 하지 않으면 머지않아 해진 바지를 입은 아이처럼 바보가 될 것이다. 학원 아이들은 아직도 사각거리며 글을 쓰고 있다. 그 중에 몇은 장난을 치며 떠들고 있다. 저 아이들은 나 같은 절실함이 없다. 언제든 엄마 아빠가 학교나 학원에 보내주기 때문이다. 글짓기를 안 하고 장난을 치거나 키득거리며 떠드는 아이들은 모른다. 글을 쓸 수 있는 시간이 많지 않다는 것을. 학교를 다닐 시간이 오래 남지 않았다는 것을. 나도 우리 가족이 거리로 나왔을 때 그걸 알았다.

학원을 빠져 나와 차가운 겨울 바람이 부는 거리를 빠르게 걸었다. 날선 바람이 얼굴을 찢을 듯 날카롭게 파고들었다. 몸을 웅크리고 시장 골목을 지나쳐 앞으로 죽 따라 올라갔다. 순댓국집 유리 안으로 해진 바지를 입은 아이가 머리를 처박고 무언가 먹고 있었다. 희멀건 국물이 가득 담긴 그릇에서 김이 피어오르고 있었다. 유리창 밖에 서 있는 날 보았는지 아이가 수저를 흔들었다. 입가에 밥알이 달라붙어 있는 줄도 모르고 열심히 손짓을 했다. 멍청이. 아이는 저 아래 만화방에서 살았다. 엄마도 없는지 달랑 아빠하고 둘이었다. 그 애 아버지는 술에 취해 추운 날에도 만화방 앞에 쓰러져 있었다. 머리가 눈처럼 하얗게 센 아저씨였다. 만화방에서 사는 사람들도 피시방에 사는 사람처럼 표가 났다. 주황색 의자를 나란히 붙여놓고 만화를 베개삼아 코를 골았다. 엄마가 하는 말을 들어보면 만화방에서 사는 사람들도 꽤 많은 것 같았다. 거긴 하루에 5천 원만 있으면 지낼 수 있다고 한다. 아빠가 게임에 미치지 않고 만화를 좋아했다면 우리도 만화방에서 살았을까. 아이가 유리창 너머로 손짓을 하는데 그냥 무시하고 걸음을 옮겼다. 담벼락 밑으로 함부로 버린 비닐 봉지들이 차가운 바람에 몸을 뒤척거렸다.

밖에서 목을 움츠리고 가게의 동정을 살폈다. 유리창 너머로 피둥피둥 살이 찐 대머리 아저씨가 무료한 얼굴로 신문을 뒤적이고 있었다. 이곳은 두 번째 오는 곳이다. 오늘은 어쩌면 조심하는 게 좋을지도 모른다. 한동안 지켜보았지만 가게로 들어가는 사람은 없었다. 오늘은 아무래도 운이 따라주지 않았다. 귀가 시려서 종종거리다가 문을 밀고 가게로 들어갔다. 위쪽에 매달린 종이 울리자 아저씨가 반사적으로 고개를 처들고 바라보았다.

난 뒤쪽으로 걸어갔다. 아저씨가 목을 빼고 내 움직임을 눈으로 좇았다. 몇 초가 걸려서는 안 된다. 뒤에 오래 있으면 아저씨의 의심만 살 것이다. 난 운동화 끈이 풀어진 것처럼 바닥에 쭈그려 앉았다가 지우개 하나를 집어들어 재빨리 잠바 속에 숨겼다. 고개를 들어보니 아저씨가 신문을 뒤적이고 있는 게 보였다.

난 짐짓 아무렇지도 않은 얼굴로 태연하게 걸어나왔다. 아저씨와 눈이 부딪치자 뭘 찾는 것처럼 두리번거리며 고개를 갸우뚱거렸다. 아저씨는 귀찮은 얼굴로 다시 신문으로 고개를 떨어뜨렸다. 뭘 찾느냐고 묻지도 않았다. 그래도 아직 안심하기는 이르다. 혹시라도 불러 세워서 옷을 뒤질 수도 있다. 며칠 전에는 학교 근처에 있는 문방구에서 아슬아슬하게 위기를 모면한 적도 있다. 하지만 그래도 난 이 짓을 멈출 수가 없다. 들키지 않고 문을 밀고 나갈 때 그 짜릿한 기분을 아무도 모를 것이다. 바보같은 어른들을 감쪽같이 속였다는 흥분에 마음이 한껏 들뜬다. 내가 문을 밀 때 딸랑, 하고 요란한 소리로 종이 울렸다. 아저씨는 못마땅한 얼굴로 홀끗 쳐다보곤 고개를 떨어뜨렸다. 밖으로 나와서 난 유리 너머 상자에 들어 있는 인형들을 아쉬운 눈으로 훑어보았다. 마음속으로 인형에게 속삭였다. 언젠가는 널 꼭 데려갈게, 진짜야. 몇 번이나 손가락을 걸면서 발길을 돌렸다. 문방구가 보이지 않자 그제야 달음질을 쳤다. 칼바람이 얼굴에 부서질 듯 몰려와도 개의치 않았다. 물건을 훔쳐서 달려갈 땐 엄마도 아빠도 피시방도 다 잊었다. 난 지금 살아 있다.

볼을 발갛게 물든 채 숨을 헐떡이며 옥상까지 한달음에 달려 올라갔다. 피시방이 있는 건물은 5층이었는데 옥상 문은 항상 열려 있었다. 마지막 계단이 끝나는 곳에 녹이 슬고 페인트가 벗겨진 철문이 나타났다. 난 노란 물탱크 뒤에 숨겨둔 박스를 들추었다. 위에 덮어두었던 신문지를 걷어내고서 방금 훔쳐온 지우개를 소중하게 안에 넣어두었다. 난 뿌듯한 얼굴로 박스 안의 물건들을 손으로 어루만졌다. 연필 15자루, 지우개 11개, 주머니칼 8개, 열쇠고리 5개, 샤프펜슬 4자루, 딱풀 2개…….

발자국 소리에 소스라쳐 뒤를 돌아보았다. 아까부터 그 자리에 서 있었는지 아이는 내가 손으로 박스를 가려도 가만히 있었다. 내가 차가운 눈으로 아이를 노려보았다. 아이는 박스 속이 궁금한 듯 기웃거렸다.

"너 이거 다 쎼볐지?"

"뭐야?"

내가 눈을 치뜨고 짜증스럽게 소리쳤다.

"나도 하나만 줘."

"시끄러."

소리를 질러주곤 박스 속에 있던 것들을 모두 꺼내 잠바 주머니에 쓸어 담았다. 지우개 하나가 바닥으로 떨어지자 아이가 날름 집어갔다.

"얼른 줘."

"싫어. 천 원 줘."

"병신."

아지트가 들킨 것이 분해서 발을 쾅쾅 구르며 옥상 문 쪽으로 걸어갔다. 뒤에서 아이가 소리쳤다.

"야, 가지 마."

아이가 애원하는 목소리로 불러 세웠다. 잠바 주머니를 꼭 누른 채 의아한 눈으로 아이를 돌아보았다. 아이가 가까이 다가오더니 뽐내는 목소리로 떠들었다.

"나 멀리 갈 거다."

"거짓말."

내가 코웃음을 쳐도 아이는 환하게 웃었다.

"진짜야."

아이가 양팔을 옆으로 크게 벌리고 떠벌렸다.

"이따 만한 트럭 타고 갈 거야."

"누가 데려가준대?"

아이가 내 손을 잡아서 시장 골목이 내려다보이는 난간으로 끌어당겼다. 아이의 손이 순댓국집의 간판을 자랑스럽게 가리켰다.

"저 집 아저씨가 밤에 부산 간대. 나도 태워주기로 했어."

"네가 부산을 왜 가?"

"울 아빠 곧 죽어. 기침할 때 피난다. 그 전에 도망칠 거야."

아이가 비밀 얘기를 하듯 목소리를 낮췄다. 아이가 눈을 번득이며 날 똑바로 쳐다보았다. 감지 않아 기름으로 번들거리는 머리카락이 이마를 덮었다.

"부산 역이 엄청 크대. 거기 가면 먹고 살 수 있대."

"병신."

"진짜야. 만화방에 있는 아저씨들이 그랬어."

녀석을 흘겨주곤 부리나케 계단을 내려와 피시방으로 들어갔다. 아빠는 아직도 게임에 열중하고 있다. 엄마는 어디에 갔는지 보이지 않고 의자에 앉아서 영호가 울고 있다. 콧물과 눈물이 범벅이 되어 있지만 아무도 영호에게 관심이 없었다. 아빠가 화장실에 가려는 것처럼 뭉그적거리며 몸을 일으켰다. 걸음이 꼭 술 취한 사람처럼 비틀거렸다. 게임을 하고 있을 땐 아빠는 하루에 의자에서 몇 번 일어나지도 않았다. 그러나 그때 아빠를 보면 1층 맥줏집에서 나와 비틀거리던 남자들과 많이 닮아 있다. 멍하게 풀어진 눈동자, 빨갛게 변한 눈, 갈지자 걸음걸이. 아빠는 울고 있는 영호는 거들떠보지도 않고 문 밖으로 사라졌다.

조금 뒤 엄마가 엉기적거리며 들어왔다. 부은 몸이 힘에 겨운 듯 엄마는 느리게 움직였다. 몸이 땡땡하게 부어서 엄마는 갈수록 인상이 사나워지고 있다. 엄마는 가끔씩 영호도 때렸지만 우리가 밖에서 살기 시작했을 때부터 날 심하게 때렸다. 제대로 음식을 먹지 않아서 기운도 없을 것 같은데 엄마의 손은 갈수록 매워졌다. 엄마는 의자에 힘겹게 엉덩이를 내려놓고 숨을 골랐다. 엄마는 앞으로 얼마나 살까. 우리 엄마도 피를 토하고 죽을까. 귓전으로 좀 전에 아이가 하던 말이 떠올랐다. 울 아빠 곧 죽어. 기침할 때 피난다. 그 전에 도망칠 거야. 그 전에 도망칠 거야, 그 전에 도망칠 거야. 마지막 말을 머릿속으로 굴리고 있는데 엄마의 눈이 내 주머니를 보고 있었다. 아차 하는 순간 엄마가 팔을 움켜쥐었다.

"너 이거 다 뭐야?"

엄마가 주머니에서 꺼낸 지우개, 연필, 주머니칼 따위를 함부로 집어던졌다. 내가 머뭇거렸다.

"그냥……."

"어디서 났어?"

빽 소리를 지르며 엄마가 어깨를 때렸다. 몸을 움츠리며 뒷걸음질을 쳤다. 엄마가 우악스러운 손으로 어깨를 낚아채선 흔들었다.

"이젠 학교 못 가, 알아들어?"

가까스로 고개를 끄덕였다. 영호가 울음을 그치더니 의자에서 내려왔다. 바닥에 주저앉아 양손 가득 물건을 움켜잡으려고 했다. 내가 못하게 하자 앙, 하고 다시 울음보를 터트렸다.

"미친년아, 동생은 왜 울려?"

엄마가 눈을 흘기며 귀싸대기를 올려붙였다. 눈물이 핑 돌 정도로 아팠지만 난 퀭한 눈으로 쏘아보기만 했다. 밖에 나갔던 아빠가 비틀거리며 돌아왔다. 아빠는 악다구니를 치는 엄마는 신경 쓰지도 않은 채 다시 의자에 앉았다. 그리고 마우스를 움켜쥐었다. 아빠는 엄마도 영호도 나도 쳐다보지 않았다. 아빠가 바라보는 곳은 게임이 펼쳐지고 있는 파란 화면뿐이었다.

우리 가족이 아직 월세 집에 살고 있을 때 아빠는 밖에 나가서 집을 짓는다고 했다. 아빠의 얼굴이 까맣게 타고 손바닥이 갈라지고 터져도 난 자랑스러웠다. 아빠가 자꾸자꾸 집을 짓는다면 언젠가 우리가 살 집도 지을 거라고. 다른 사람들의 집을 실컷 지어주고 나면 이제 우리 차례가 돌아올 거라고 생각했다. 언제쯤 아빠는 우리 집을 지어줄까. 거기서 우리 식구들이 살 생각에 가슴이 부풀었다. 그러나 아빠가 피시방에 가서 꼼짝을 하지 않을 때부터 내 꿈은 죽어버렸다. 아빠 때문에 꿈을 꾸었는데 이제 아빠가 그 꿈을 빼앗아 가버렸다. 꿈이 없는 피시방에서 난 살고 싶지가 않다. 난 꿈을 찾아서 떠날 거다. 엄마도 아빠도 영호도 없는 곳으로 아주 멀리멀리 가버릴 거다.

"돈은 없어?"

엄마가 눈을 치떴다. 내가 말이 없자 엄마가 악다구니를 퍼부었다.

"이년아, 이런 건 뭐에 쓰려고 훔쳐와."

엄마가 못 도망가게 하려는 듯 팔을 잡더니 내 바지 주머니를 뒤졌다. 엄마는 주머니에서 만 원짜리 하나를 찾아내더니 히죽 웃었다. 영호도 눈물을 닦으며 뚫어져라 돈을 쳐다보았다.

엄마는 바닥에 흩어져 있는 물건들을 발로 밀었다.

"가서 팔아와."

"……."

"못 팔면 들어올 생각도 하지 마."

엄마가 못을 박듯이 말했다. 뒤뚱거리며 문으로 걸어가자 영호가 재빨리 뒤를 좇았다. 잠시 뒤 돌아온 엄마는 비닐 봉지 가득 먹을 걸 사 가지고 왔다. 영호는 과자 봉지를 안 빼앗기려는 듯 가슴에 꼭 끌어안고 있다. 엄마와 영호는 뒤쪽 의자에 앉아서 게걸스럽게 음식을 입에다 넣었다. 쩝쩝거리는 소리가 귀로 파고들었다.

난 물건을 주워들고 다시 거리로 나갔다. 보습학원 앞에서 물건을 꼭 쥐고 기다렸다. 조금 지나면 저학년 아이들이 끝나서 나온다는 걸 알고 있었다. 심심해서 학원이 보이는 모퉁이에 쭈그리고 앉아 돌멩이를 집어 던졌다. 귀가 시려서 잠바의 모자를 뒤집어썼다. 잠시 뒤 아이들이 하나둘 학원 건물에서 빠져나왔다. 눈이 가느스름한 애와 분홍 리본을 묶은 여자애 둘이 밖으로 나오는 게 보였다. 둘이서 손을 꼭 붙잡고 재잘거리며 걸어왔다. 모퉁이를 돌 때까지 참을성 있게 기다렸다.

"야!"

고함소리에 깜짝 놀란 듯 여자애들이 발을 멈추었다.

"거기 둘!"

담벼락에 붙어 서서 한껏 불량스러운 표정으로 손가락을 까딱까딱 움직였다. 여자애들이 겁에 질린 얼굴로 그 자리에 가만히 서 있었다.

"너네들 나 알지?"

"모르는데……."

둘이서 고개를 흔들었다.

"나 보고 웃었지?"

여자애들이 기어드는 목소리로 웅얼거렸다.

"그런 적 없는데……."

"웃었잖아. 확 그냥."

내 서슬에 둘 다 찔끔 몸을 움츠렸다. 그쯤에서 지우개와 주머니칼을 눈앞으로 내밀었다.

"이거 사."

어쩔 줄 모르는 얼굴로 두 애가 서로를 쳐다보았다. 눈이 가느스름한 애가 더듬거렸다.

"어 얼마에?"

"하나에 이천 원. 두 개씩 사."

둘은 싫다는 말도 못하고 얼굴을 찡그리며 돈을 꺼냈다. 지우개와 주머니칼을 받아 쥐고선 뒤도 돌아보지 않고 도망쳐버렸다. 모퉁이에 숨어서 만만하게 보이는 아이들만 골라서 나머지 물건들을 팔았다. 울먹거리는 애들, 도와달라는 듯 사방을 두리번거리는 애들, 얼굴이 하얗게 질려서 아무 말도 못하고 얼어버리는 여자애들. 아이들에게서 받은 돈을 접어서 잠바 주머니에 찔러넣었다. 어느 새 거리는 어두워지고 가로등이 하나씩 돋아났다. 찬바람이 더욱 앙칼지게 불어왔다.

피시방이 있는 건물로 다가가 2층을 올려다보았다. 꼭꼭 문이 닫힌 창문을 아무도 열지 않았다. 1층 맥줏집에는 네온사인이 화려하게 빛을 뿜었다. 계단에서 나에게 돈을 털린 남자가 맥주 잔을 기울이고 있다. 얼굴이 벌건 채 손가락으로 삿대질을 하고 있다. 계단으로 올라가서 2층 화장실 문을 열었다. 뒤쪽 벽돌을 들어내고 안으로 손을 밀어 넣었다. 비닐로 둘둘 감아놓은 지폐가 손에 잡혔다. 돈을 끄집어내고 벽돌을 다시 제자리에 얹어놓고 돌아섰다.

시장 골목을 따라 올라갔다. 순댓국집 앞에는 낮에 안 보이던 트럭 하나가 가게 앞에 서 있었다. 저게 아이가 말하던 그 트럭일까. 부산. 왠지 먼 곳이라는 느낌이 들었다. 아직 한번도 가본 적이 없는 도시였다. 다시 한 번 부산하고 중얼거리자 가슴이 조금씩 뛰었다. 마치 물건을 훔쳐서 거리를 내달릴 때 짜릿하던 마음처럼.

문방구가 보이는 담벼락 밑에 몸을 웅크리고 앉았다. 그늘인데다 어둠 속이어서 눈에 뜨이지 않을 것이다. 한길에서 길 고양이 하나가 튀어나와서 맞은편에 앉았다. 녀석도 추운지 몸을 웅크리고 바닥으로 납작 엎드렸다. 고개만 위로 든 채 말끄러미 날 바라보기만 했다. 녀석의 눈이 어둠 속에서 반딧불처럼 빛이 났다. 내가 귀찮은 얼굴로 손짓을 했다.

"저리 가."

　고양이는 기분이 상했는지 담벼락 위로 올라가더니 튀어 사라졌다. 어둠 속에서 추위와 배고픔을 참고 때를 기다렸다. 이윽고 문방구의 불이 꺼지고 대머리 아저씨가 밖으로 나와 유리문을 잠갔다. 아저씨는 제대로 잠겼는지 흔들어보고 나서 발길을 돌렸다. 하지만 아직도 좀 더 기다려야 했다. 문방구 옆 가게의 불이 꺼지지 않았다. 세탁소에서는 부옇게 김이 서린 유리창 너머로 옷을 다리는 남자의 움직임이 보였다. 온몸이 딱딱하게 얼어갔지만 인내심을 갖고 기다렸다. 얼마쯤 시간이 흘렀을까. 세탁소의 불도 꺼졌다. 골목이 조용해지고 칼바람만 거리를 휩쓸고 지나갔다. 굳은 다리를 풀고 조금씩 걸음을 떼어놓았다. 추운 날씨에 인적이 끊긴 듯 지나다니는 사람들도 보이지 않았다. 담벼락 밑에 앉아 있을 때부터 큼지막한 돌은 찾아두었다. 손이 곱아서 몇 번이나 입김을 불어넣고 비볐다.

　손에 돌을 쥐고 문방구를 향해서 한 발 한 발 걸음을 옮겨놓았다. 돌을 움켜쥔 팔이 부르르 떨렸다. 진열장 안의 인형이 어서 가져가달라는 눈빛으로 빤히 쳐다보았다. 뭘 망설여. 어서 날 데리고 떠나 줘. 인형이 조그만 입술을 달싹였다. 가슴이 후드득거리며 벅차올랐다. 이제 나한텐 엄마도 아빠도 영호도 필요 없다. 저 인형만 있으면 된다. 돌을 힘껏 유리창을 향해 날렸다. 날카로운 파열음이 들리며 유리 조각들이 진열장 안으로 와르르 쏟아졌다. 흠칫 귀를 세우고 골목길을 쏘아보았다. 다행히 사람들의 발소리는 들리지 않았다.

몸을 굽히고 인형이 들어 있는 상자를 끄집어냈다. 오래 전부터 그토록 갖고 싶었던 인형을 손에 들자 배고픔도 사라졌다.

난 달리기 시작했다. 인형 상자를 꼭 끌어안은 채 시장 골목을 뛰었다. 발바닥으로 얇은 얼음이 깨지는 소리가 났다. 지금까지 순댓국 집 앞에 트럭이 있을까. 아이를 싣고 벌써 떠났는지도 모른다. 따뜻한 의자에 몸을 기댄 채 아이는 침을 흘리며 자고 있을까. 부산역에 가면 먹고 살 수 있다는 그 말을 믿지 않는다. 아이는 철썩 같이 믿고 있지만 난 아니다. 엄마도 아빠도 날 버렸다. 그런데 누구를 믿을 수 있을까. 그래도 난 도망칠 것이다. 트럭을 타고 부산이든 어디든 떠날 것이다. 피시방이 아니라면 그 어디라도 좋다. 차가운 겨울 바람이 얼굴로 자꾸자꾸 부딪쳐왔다.

올드 랭 사인

전철이 멈추자 사람들이 우르르 쏟아져 내렸다. 플랫폼도 내리고 타려는 사람들로 번잡했다. 뒤에서 뭔가 몸을 찔렀다. 돌아보자 술 한 잔을 걸친 듯한 남자가 케이크 상자를 휘두르며 걷고 있었다. 귀가를 서두르는 사람들 틈에 섞여 계단을 내려왔다. 바깥으로 나오자 칼바람이 얼굴을 때렸다. 따뜻했던 몸이 순식간에 식었다. 입에서 허옇게 입김이 나왔다. 마스크를 썼다. 캡 위에 점퍼모자를 덮어쓰고 걸음을 서둘렀다. 전철역 앞에서 자선냄비의 종소리가 들렸다.

연말의 밤거리는 시끌벅적했다. 가게마다 조명이 번쩍거리고 음악소리가 울려 퍼졌다. 차들은 꼬리를 물고 늘어졌다. 북적거리는 사람들 사이를 헤치고 빠르게 걸었다. 공원 쪽으로 길을 따라 내려갔다. 가로등 불빛 아래 앙상한 나무들과 텅 빈 벤치가 보였다. 뒤편 주택가는 조용했다.

골목으로 들어서며 모자를 깊이 눌러썼다. CCTV가 있나 살펴보았다. 없다. 안쪽 집으로 다가갔다. 담에 몸을 붙이고 집을 쳐다보았다. 불이 꺼져 있었다. 대문 사이로 불빛이 보이나 힐끔거렸다. 어두컴컴했다. 어디 간다고 하더니 빈 집이 맞는 것 같았다. 고개를 돌려 골목을 살폈다. 아무도 없다. 담을 잡고 힘껏 뛰었다. 실패. 다시 뛰려고 하는데 골목에서 오토바이 소리가 났다. 불빛이 다가왔다. 얼른 돌아서서 걸으면서 핸드폰을 들여다보았다. 나도 한 달 전까지는 오토바이를 몰았다. 눈오는 날 이 집에 배달을 하고 돌아가면서 사고가 났다. 눈길에 오토바이가 미끄러지면서 바닥에 나동그라졌다. 다리가 부러져서 깁스를 해야했다. 3주 가까이 움직일 수가 없었다. 당장 치킨 집에서 잘렸다. 방세를 못 내자 엊그제 고시원에서도 쫓겨났다. 터덜터덜 추운 거리로 나왔을 때 이 집이 떠올랐다. 영감은 한 손으로 치킨을 받아들면서 한 손으로 전화기를 쥐고 있었다.

"응. 연말쯤 봐서 한번 내려가지."

통화하는 영감의 목에 금목걸이가 번쩍거렸다. 거스름돈을 내주는데 장식장 안의 금두꺼비가 번쩍거렸다. TV 옆으로 도자기가 보이고 소파 뒤쪽 벽에 골프 가방이 서 있었다.

오토바이가 지나가자 골목 끝으로 갔다. 발을 구르며 달려와 힘껏 뛰어올랐다. 겨우 올라탔다고 생각하는 순간 몸이 마당에 곤두박질쳤다. 쿵, 하는 소리에 놀라 숨을 멈췄다. 마당에 엎어진 채 고개를 들어 주위를 살폈다. 다행히 인기척은 없었다.

몸을 낮추고 계단을 올라갔다. 현관 유리문 앞으로 다가갔다. 젖은 수

건을 꺼내 유리문에 대고 쳤다. 인터넷에 소리나지 않게 깨는 방법이라고
나와 있었다. 퍽 하는 소리에 혹시 누가 듣지 않았나 몸을 움츠리고 잠시
기다렸다. 안으로 팔을 디밀어 걸쇠를 더듬거렸다. 간신히 걸쇠를 풀고 문
을 열었다. 삐걱거리는 소리에 신경이 곤두섰다.

　문을 닫고 어두컴컴한 거실을 한 바퀴 둘러보았다. 문틈으로 나오는 불
빛도 없고 아무 소리도 들리지 않았다. 진짜 빈 집이 맞구나. 소파 뒤의
장식장이 보였다. 소형 플래시를 꺼내서 그쪽으로 다가갔다. 장식장 안에
금두꺼비가 번쩍거리고 있었다. 침을 꿀꺽 삼켰다.

　플래시를 입에 물고 주머니를 뒤졌다. 인터넷에서 산 마스터키를 찾아
구멍에 찔러 넣었다. 이리저리 돌려보았다. 도무지 열리지가 않았다. 축축
한 손을 바지에 문질렀다. 키를 돌리면서 문손잡이를 잡고 흔들었다. 잘
하면 열릴 것도 같았다. 장식장이 덜그럭덜그럭 소리가 났다. 온 신경을
쏟아 문을 따고 있는데 뭔가 딱딱한 것이 뒷머리를 내리쳤다. 어? 뭐지?
아무도 없었는데. 순간 정신을 잃었다.

　위잉위잉 하는 소리에 어렴풋하게 정신이 들었다. 뒤통수가 욱신거렸
다. 손으로 만지려고 하는데 꿈쩍을 안 했다. 의아해서 쳐다보자 의자 팔
걸이에 한쪽 팔이 묶여 있었다. 놀라 다른 손을 보자 똑같이 묶여 있었
다. 깜짝 놀라 다리를 움직이려고 했다. 하지만 역시 의자에 묶여 있었다.
그 옆에서 영감이 전동드라이버로 의자 다리를 볼트로 박고 있었다.

　"으으…"

　소리를 지르려고 했다. 하지만 나오지가 않았다. 입 속에 뭔가 쑤셔박

혀 있고 테이프가 붙어 있었다. 내가 쓰고 있던 모자와 마스크는 어느새 벗겨져 있었다. 영감이 일어섰다. 몸을 버둥거렸지만 꿈쩍도 안 했다. 의자 다리가 모두 바닥에 박혀 있었다. 영감이 전동드라이버를 들고 가까이 다가왔다. 그리곤 손으로 얼굴을 붙잡았다.

"대가리에 피도 안 마른 새끼가."

"으으."

전동드라이버가 바로 코앞에 있었다. 영감의 손가락이 스위치를 만지작거렸다. 충혈된 눈이 번쩍거렸다. 날카로운 쇠끝이 얼굴에 닿았다.

"빈 집인 줄 알고 왔냐?"

"으으…"

"네가 내 집을 털어? 하, 이 맹랑한 새끼 보게."

"으으…"

아니라고 도리질을 했다. 애원하는 눈빛으로 몸을 버둥거렸다. 영감이 뒤통수를 턱 하고 쳤다.

"야, 힘 빼지 마. 그런다고 부서질 의자 아니니까."

"사으주서…"

살려달라고 소리치며 몸을 비틀었다. 온 몸이 흠뻑 젖어 있었다. 영감이 내 팔과 다리에 묶은 케이블 타이를 손으로 흔들었다.

"하나 갖고 풀릴 수도 있겠네."

팔뚝에 하나씩 더 케이블 타이를 묶었다. 다리에도 하나씩 더 묶었다. 버둥거리며 필사적으로 몸을 흔들었다. 영감이 손으로 뒷머리를 턱턱 쳤다.

"잘 있어."

탁하고 등뒤로 문이 닫혔다. 칠흑같이 깜깜한 방에 혼자 남겨졌다. 숨을 멈추고 귀를 기울였다. 문을 여닫는 소리가 나고는 조용해졌다. 어디 간다고 하더니 혹시 간 건 아니겠지? 만약 지금 갔으면 어떡하지? 팔에 있는 힘껏 힘을 줘서 묶인 데를 뜯어내려고 했다. 케이블 타이가 살을 파고 들어 아팠다. 근데 언제 오지? 하루면 갔다오나? 다리를 흔들어 풀어보려고 했다. 케이블 타이는 끄덕도 안 했다. 이틀? 설마 일주일? 일주일 넘어서 오면 어떡하지? 그럼 여기서 그냥 죽는 거야? 손톱으로 팔걸이를 긁으며 몸을 뒤틀었다. 어떻게든 벗어나려고 몸부림을 쳤다. 온몸에 힘을 불끈 줘서 의자째 들어올려보려고도 했다. 이대로 죽을 수도 있다는 절박함에 계속 몸을 버둥거렸다. 하지만 별 짓을 다해도 소용이 없었다. 묶인 데를 풀 수가 없었다. 입 속에서 울음이 터지며 눈물이 뚝뚝 떨어졌다. 이대로 여기서 죽는 걸까. 아아, 죽고 싶지 않다. 내가 왜 죽어야 하나. 울부짖고 싶은데 끅끅 소리만 나왔다. 그냥 금두꺼비 하나만 슬쩍 하려고 들어왔을 뿐이다. 왜, 그런 짓을 하려고 했을까. 눈물과 콧물이 범벅이 되어 흘러내렸다.

"어, 그래. 말해봐."

어디선가 들려오는 소리에 퍼뜩 눈을 떴다. 흐릿하던 눈앞의 벽지가 점점 또렷해졌다. 여기가 어디지 하는 순간 깨달았다. 소리가 나는 쪽으로 고개를 돌렸다. 흰색 양복 차림의 영감이 방을 왔다갔다하며 누군가와 통화를 하고 있었다. 무서움보다는 두고 가지 않았다는 안도감이 왈칵 밀려들었다.

"어. 이성호. 22세. 어, 어. 주민번호 불러봐. 931024-19XXXXX…"

영감이 이쪽을 쳐다보았다. 얼른 눈을 감았다.

"응. 그래, 전과는 없고. 최근에 XX치킨에서 배달 알바. 어, 그래 운전면허는 있고?"

영감이 묻는 소리가 들렸다.

"알았어. 수고했다."

이쪽으로 다가오는 발소리가 났다.

"야, 치킨."

영감이 머리를 툭툭 쳤다. 눈을 뜨자 영감이 빤히 쳐다보고 있었다.

"어디서 봤나 했더니 치킨 배달했던 놈이구먼."

순간 쪼인트가 날아왔다. 너무 아파서 끙끙거리기만 했다.

"너 같은 놈 튀면 찾는 건 일도 아냐."

영감이 핸드폰으로 머리를 툭툭 쳤다. 그리곤 내 핸드폰을 주머니에 찔러 넣었다.

"소리 지르면 죽는다."

영감이 눈을 부라렸다. 머리를 끄덕끄덕했다. 영감이 입에 붙은 테이프를 손으로 잡아뜯었다. 두려움에 아픈 줄도 몰랐다.

"튀면 갖다 묻어버린다."

영감이 을러대고는 다리에 묶은 케이블 타이를 풀었다. 그리곤 양쪽 팔의 묶인 데를 풀었다.

"나가."

영감이 뒤에서 등을 떠밀었다. 일어서는데 몸이 휘청거렸다. 후들후들 떨리는 다리로 걸었다. 바깥은 어느 새 날이 훤히 밝아있었다. 겨울의 회색 하늘이 유리창 너머로 낮게 깔려 있었다. 영감이 입으라는 듯 내 점퍼를 던져주었다. 뭘 하려는 거지? 불안한 마음으로 점퍼에 팔을 꿰었다. 영감이 검은색 서류가방을 들었다. 목에는 금목걸이가 번쩍거리고 팔에는 금시계를 차고 있었다.

"신발 신어."

영감의 한 마디에 허겁지겁 운동화에 발을 밀어 넣었다. 영감은 선글라스를 쓰고 흰색 구두를 신었다.

"걸어."

영감이 뒤에서 툭 쳤다. 지금 어디에 가는 거지? 불안한 마음으로 마당을 가로질렀다. 집에서 좀 떨어진 곳에 검은색 벤츠가 서 있었다. 쌀쌀한 바람이 얼굴을 스쳤다. 아침 햇살에 차체가 반짝거렸다. 영감이 가방을 들고 뒷자리에 앉았다. 내게 운전석에 타라고 했다.

"운전해."

어디를 둘러봐도 열쇠를 꽂는 데가 없었다.

"…키가."

침을 꿀꺽 삼키고 뒤를 돌아보았다.

"거기 버튼 있잖아."

손이 앞의 버튼을 가리키고 있었다. 그걸 누르자 부르릉 하고 시동이 걸렸다.

"…어디로 가요?"

"내비."

영감이 턱짓을 했다. 시키는 대로 내비를 세팅하고 출발했다. 무슨 차
가 이렇게 큰지 땀이 삐질삐질 났다. 작은 기스라도 나면 당장 죽이려고
들 것 같아 손바닥이 축축해졌다. 사거리로 나왔다. 곧장 외곽순환 고속
도로로 빠졌다. 차가 미끄러지듯 달렸다.

네비에서 시키는 대로 경부 고속도로를 탔다. 다시 호법에서 영동고속
도로로 갈아탔다. 횡성에 이르렀을 때 뒷좌석에서 영감이 말했다.

"여기서 빠져."

주유소 옆 국도변의 한 식당으로 들어갔다. 횡성한우라고 큼직하게 써
붙인 식당이었다. 유명한 맛집인 듯 대형 관광버스와 차들이 북적거렸다.
유리창 앞에 정동진, 동해라고 써 붙인 버스들도 보였다. 주차장에 차를
세우고 안으로 들어갔다. 식당에 있던 사람들이 이쪽을 힐끔거렸다. 흰
양복에 백 구두, 선글라스를 쓴 빡빡 머리의 영감은 어디서나 눈에 띄었
다. 하지만 영감은 남의 시선 따위는 개의치 않은 모습이었다. 구석에 자
리를 잡고 앉았다.

"여기 국밥 둘."

영감이 큰소리로 주문했다. 음식이 나오자 영감은 열심히 수저질을 했
다. 나는 건너편에서 고개를 떨구고 있었다. 어제부터 내리 굶었지만 먹
을 수가 없었다. 뜨는 둥 마는 둥 하다 수저를 내려놓았다. 내비의 목적지
에 가면 무슨 일이 기다리고 있을까. 거기 가서 날 죽이려고? 자꾸 컵의
물만 들이켰다. 그때 어디선가 핸드폰 벨이 울렸다. 움찔 했다. 영감이 주
머니에서 내 핸드폰을 끄집어냈다. 말없이 보더니 툭 던졌다. 얼떨결에 받

았다.

"여보세요."

"성호니? 엄마다."

"아, 왜?"

퉁명스럽게 말이 나왔다. 영감을 쳐다보았다. 이쪽을 노려보고 있었다.

"그냥, 잘 있나. 연말인데 집에 올 거니?"

엄마가 물었다.

"아, 몰라. 바빠. 끊어."

"성호야…"

엄마가 뭐라고 했지만 서둘러 전화를 끊었다. 영감이 못마땅한 듯 날 쏘아보고 있었다. 손을 뻗어 핸드폰을 낚아채 갔다. 영감이 양복 주머니에서 약봉지를 꺼내 한 움큼을 입에 털어 넣었다. 물로 입을 헹구더니 일어섰다.

겨울 햇살이 창으로 스멀스멀 기어들었다. 네비가 시키는 대로 구불구불한 국도를 내달렸다. 점점 시골로 가는 듯 텅 빈 들판만 나왔다. 검은 까마귀 떼가 겨울 하늘을 떼지어 날아갔다. 초조해서 입술을 잘근잘근 물었다. 불안했다. 시골 읍내가 나왔다. 좁은 거리에 가게들이 다닥다닥 붙어 있었다. 읍사무소가 보이고 보건소가 나타났다. 읍사무소 건물에 깃발이 나부끼고 있었다. 읍내를 지났다.

창으로 다시 들판이 펼쳐졌다. 텅 빈 논에 쌓아놓은 볏짚도 보였다. 길은 텅텅 비어 있었다. 앞에도 뒤에도 따라오는 차가 한 대도 없었다. 눈앞에는 허허벌판과 흰 눈을 뒤집어쓴 산자락만이 끝없이 펼쳐져 있었다. 한

적한 길로 접어들수록 더 초조하고 불안했다. 백미러를 힐끔거렸다. 뒷좌
석에서 담배를 피우고 있던 영감이 기침을 했다. 얼굴이 시뻘겋게 달아올
라 있었다. 영감이 창을 내리고 카악 침을 뱉었다.

얼마쯤 가자 작은 마을이 나왔다. 집들이 띄엄띄엄 서 있었다. 영감이
느티나무가 서있는 마을회관 앞에 차를 세우라고 했다. 영감이 차에서 내
렸다. 담배를 피워 물고 차 앞에 서 있었다. 햇살에 목에 건 금목걸이가
번쩍거렸다. 마을회관에서 나오던 할아버지가 고개를 갸우뚱하더니 이쪽
으로 다가왔다.

"뉘신지?"

"옛날에 이 동네 살던 사람인데…. 야, 너 영복이 아냐?"

"예, 맞는데요. 혹시 태수 형님?"

"그래, 나 태수야. 김태수."

영감이 헛기침을 하며 선글라스를 벗었다.

"하이고. 진짜 태수 형님 맞네요. 이게 얼마 만이요?"

까만 얼굴에 주름이 자글자글한 할아버지가 영감의 손을 덥석 잡았다.

"한번 오신다고 하더니 정말 오셨네요."

영감이 고개를 끄덕이며 어깨를 들썩였다.

"자자, 얼른 들어가십시다."

할아버지가 마을회관 쪽으로 영감의 손을 잡아끌었다.

"그럴까?"

영감이 돌아서다 말고 날 쳐다보았다.

"너도 들어와."

"…예."

기가 죽은 채 고개를 숙였다.

"저 젊은 애는 누구요?"

할아버지가 날 돌아보았다.

"어허, 내 기사."

"그려, 기사도 들어가자고."

할아버지가 웃으면서 손짓했다. 얼떨떨한 채 끌려 들어갔다. 마을회관 안에는 동네 사람들이 모여 있었다. 모두 할아버지와 할머니들뿐이었다. 우리를 보자 누군가 하는 눈으로 쳐다보았다.

"거 옛날에 우리 옆집 살던 태수 형님 알지?"

우리를 데리고 들어간 할아버지가 설명했다.

"어어…"

누군가 대답했다.

"그 태수 형님이야."

어떤 할아버지가 일어나서 다가왔다.

"진짜 태수야?"

얼굴을 들여다보았다.

"아, 맞네. 맞아."

"어, 그래. 오랜만이야."

서로 손을 잡고 흔들었다.

"자자 이리 앉으시고. 뭐 좀 내와봐."

우리를 데리고 들어간 할아버지가 소리쳤다. 할머니들이 뿌루퉁한 얼굴로 돌아보았다. 할아버지가 쭈뼛거리며 영감을 쳐다보았다.

"겨울이라 마땅한 게 없네. 형님, 차나 한 잔 드실래요?"

"차는 무슨. 술이나 한 잔 하자. 야, 치킨. 읍내 가서 뭐 좀 사와."

내게 소리쳤다.

"…예."

머리를 꾸벅하는데 우리를 데리고 들어간 할아버지가 말했다.

"하, 형님. 그럴 거 없소. 요샌 여기도 다 배달돼요."

"그래? 내가 한턱 낼 테니까 좀 시켜봐."

영감이 말했다. 할아버지가 한쪽에 있는 전화기를 집어들었다.

"장 사장? 회관에 지금 열 명 정도 있으니까 먹을 것 좀 가져오고. 형님, 저 술은?"

전화기를 쥐고 영감을 돌아보았다.

"소주하고 맥주 시켜."

"쏘주하고 맥주 가져오고."

할아버지가 전화에 대고 소리쳤다.

"양주도 두어 병 가져오라고 해."

영감이 말하자 할아버지가 다시 소리쳤다.

"양주 좀 가져오고."

안에서 벌어지는 풍경에 어리둥절할 뿐이었다. 한쪽에 서서 주눅들어 있는데 앞에 있는 할머니가 옷을 잡아당겼다.

"총각도 앉아."

얼떨떨한 채 주저앉았다. 영감을 힐끔 쳐다보고는 할머니에게 작은 소리로 물었다.

"할머니, 읍내 가는 버스는 어디서 타요?"

"뭐, 어디 간다고?"

할머니가 잘 안 들리는지 몸을 기울였다. 영감을 다시 힐끔거렸다.

"읍내 가는 버스요."

"저짝 큰길 나가서 타지. 근데 지금은 없어…"

할머니가 고개를 흔들었다.

"겨울에는 차가 일찍 끊어져."

"…네?"

어깨가 툭 떨어졌다. 그때 영감이 이쪽을 힐끗 쳐다보았다. 흠칫했다. 얼른 할머니한테서 떨어져 구석에 몸을 기댔다.

마을 회관의 문이 열리고 어떤 남자가 철가방을 들고 들어왔다. 안에 있던 사람들이 우르르 출입문으로 몰려갔다. 열린 문틈으로 바깥에 서 있는 봉고차가 보였다. 남자가 차에서 음식을 내리고 있었다. 저걸 타고 도망칠까. 뒤통수가 찌릿해 쳐다보자 영감이 쏘아보고 있었다. 얼른 고개를 떨구었다. 봉고차가 간 뒤 다시 한 떼의 노인들이 우르르 들어왔다. 모두 영감에게 아는 체를 했다. 해가 지자 할머니들은 집으로 돌아갔다. 할아버지들만 남아 계속 술을 펐다.

잠시 뒤에 요란스럽게 화장을 한 여자들이 들이닥쳤다. 눈웃음을 치며 할아버지들 사이로 파고들었다. 뒤쪽 벽에 기대앉아 있는데 눈꺼풀이 내리눌렸다. 억지로 눈을 부릅떴다. 영감은 벌건 얼굴로 계속 술을 퍼마시고 있었다. 눈을 뜨려고 했지만 어느새 꾸벅꾸벅 졸고 있었다.

"야, 치킨. 일어나."

누가 발로 툭툭 몸을 찼다. 번쩍 눈을 뜨자 앞에 영감이 서 있었다. 입가에 묻은 침을 닦으며 후다닥 일어섰다. 벽에 몸을 기대고 정신없이 떨어져 있었다. 어느새 창 밖이 환했다. 마을회관 바깥에 동네 사람들이 모여 있었다. 밤새워 술을 퍼서 모두 얼굴이 푸석푸석했다. 하지만 영감은 멀쩡했다. 성큼성큼 차로 가서 뒷자리에 올라탔다. 나도 눈치를 보며 운전석에 앉았다. 우리를 회관으로 데려갔던 할아버지가 천천히 가라고 붙잡았지만 영감이 들를 데가 있다며 거절했다. 백미러로 마을회관이 멀어졌다. 동네 사람들이 모두 손을 흔들었다.

영감이 가자고 하는 곳으로 차를 몰았다. 마을에서 10여분 떨어진 뒷산이었다. 구불구불한 비포장길을 계속 올라갔다. 겨울나무에 오후의 햇살이 비스듬히 앉았다. 길이 끊어지자 영감이 차를 세우라고 했다.

"내려."

영감이 가라앉은 목소리로 말했다.

"…예?"

가슴이 덜컥 했다. 얼른 주위를 돌아보았다. 눈앞은 사람의 발길이 뜸한 숲이었다. 잎이 져버린 나무들이 듬성듬성 서 있었다. 왜 이런 데로 데려왔을까. 드디어 올 것이 온 걸까. 가슴이 쿵쿵 뛰고 순식간에 팔다리에서 힘이 빠졌다. 후들거리는 다리로 차에서 내렸다. 영감이 딱딱하게 굳은 얼굴로 트렁크에서 천 가방을 꺼냈다. 안에 뭐가 들었는지 묵직해 보였다. 다리가 부들부들 떨렸다. 저 속에 날 죽일 연장이 들어있는 걸까. 입술을 물었다. 그렇게 정신없이 떨어지지 말고 어젯밤 도망쳤어야 했다. 이제 와서 후회한다고 소용이 없었다.

"걸어."

영감이 가방을 들고 날 앞장세워 산을 올라갔다. 다리가 풀려 비틀거렸다. 자꾸 흙길에 미끄러졌다. 계속 산을 올랐다. 주위가 어둑어둑했다. 길도 없고 그늘진 곳은 얼어 있었다. 어둑어둑한 저 앞 어디선가 까마귀 소리가 들렸다. 무섭다. 심장이 오그라들었다. 점점 더 깊은 산 속으로 들어가는 것 같았다. 이런 곳에서 죽고 싶지 않다. 사고 나고 돈 없어 고시원에서 쫓겨났다. 힘들어서 잠깐 나쁜 생각을 했다. 그렇다고 이런 곳에서 죽어야 하나. 여기서 죽으면 아무도 모를 텐데. 눈물이 얼굴을 타고 툭툭 떨어졌다.

"거기 서."

영감이 시든 잡풀이 있는 둔덕에 멈춰 섰다. 표정이 차갑게 굳어 있었다. 가방 속으로 손을 집어넣었다. 그걸 보고 바닥에 엎어졌다.

"사…살려주세요. 다신 남의 집 털거나 하진 않을 테니까 제발 살려주세요."

몸을 덜덜 떨며 고개를 땅에 처박았다. 영감의 발소리가 저벅저벅 들렸다. 뭘 하는 지 부스럭거리는 소리도 들렸다. 발소리가 가까워지더니 앞에서 멎었다. 나도 모르게 비명을 질렀다.

"아악. 제발, 제발."

고개를 땅에 박은 채 울부짖었다.

"뭐하냐?"

천천히 고개를 들었다. 영감이 손에 양주병을 들고 빤히 내려다보고 있었다. 영감이 뒤로 돌아 시든 풀로 뒤덮인 무덤 앞으로 갔다. 날 죽이려는 게 아니었나? 다리가 풀려 그 자리에 주저앉았다. 멍한 얼굴로 영감을 보았다. 영감은 손에 든 향수병을 한쪽 무덤에 부었다. 그리곤 양주병 뚜껑을 비틀어 옆의 무덤 위에 줄줄 뿌려댔다.

"다들 갔네."

영감이 빈 양주병을 던지고는 선 채 담배를 피워 물었다. 후 하고 길게 연기를 뱉었다.

"하긴 나도 좀 있으면…"

영감이 중얼거렸다.

산에서 내려와 읍내로 나왔다. 짧은 겨울 해가 지고 벌써 날이 어둑어둑해지고 있었다. 식당에서 밥을 먹었다. 영감은 밥그릇을 싹싹 비웠다. 그리곤 또 약을 한 움큼 털어 넣었다. 나도 억지로 먹었다. 좀 전에 산에서 죽는 줄 알았기 때문에 꾸역꾸역 먹었다. 혹시라도 튀려면 힘이 있어야한다. 식당 주인이 선반에 있는 텔레비전 소리를 키웠다. 화면으로 보신각 주위에 몰려나와 있는 사람들이 보였다. 모두 밝고 환한 표정을 짓고 있었다. 카메라가 비추자 손을 흔드는 사람도 있었다. '네, 올해도 보신각 주위에 인파가 끝없이 밀려들고 있네요. 가는 해를 보내고 오는 해를 맞기 위해 사람들이 속속 모이고 있습니다. 올해도 정말 다사다난했던 한 해였습니다. 이렇게 보신각 타종을 기다리고 있는데 가슴이 벅찹니다. 이제 올 한해도 앞으로 6시간 남짓 남았습니다.' 흥분된 목소리로 아나운서가 말했다. 컵의 물을 마셨다. 아, 오늘이 마지막 날이구나. 별다른 느낌은 나지 않았다. 건너편 영감의 눈치를 살폈다. 날 죽일 생각이었다면 아까 산에서 해치웠을 것이다. 영감은 그럴 생각이 없는 것 같았다. 살았다는 거 하나로도 올해가 간다는 게 섭섭하지 않았다.

식당을 나왔다. 영감이 다방 앞에 차를 세우라고 했다. 문을 열고 들어가자 카운터에서 손톱을 다듬고 있던 여자가 쳐다보았다.

"아, 어서 오세요."

방실방실 웃으며 발딱 일어섰다.

"박양아, 김양아. 손님 오셨다."

그 소리에 수족관 너머에서 여자들이 달려나왔다.

"어서 오세요."

"어머, 출장 부르신 사장님이시네. 또 오셨어요?"

생글거리며 영감의 양옆에 달라붙었다. 영감이 여자들의 엉덩이를 슬슬 쓰다듬었다.

"사장님. 이쪽에 앉으세요."

여자들이 교태를 부리며 영감을 데려갔다.

"넌 저쪽 가 있어."

영감이 턱으로 건너편을 가리켰다. 그리곤 금세 여자들과 시시덕거렸다. 건너편으로 가서 등을 돌리고 앉았다. 하지만 뒤에서 웃고 떠드는 소리가 다 들렸다. 카운터의 여자가 내 앞에 커피를 놓고 갔다. 한 모금 마셨다. 무척 뜨겁고 달았다. 커피를 마시면서 머리 위의 텔레비전을 흘끔거렸다. 가수들이 몰려나와 노래하고 있었다. 의자 끄는 소리가 나더니 영감이 여자들과 함께 일어섰다.

"넌 여기 있어."

영감이 힐끔 쳐다보더니 여자들의 허리를 끌어안고 다방을 나갔다. 종소리와 함께 문이 닫혔다. 쭈뼛쭈뼛 일어나 카운터로 다가갔다. 카운터의 여자는 껌을 씹으며 손톱을 손질하고 있었다.

"…저."

"응?"

여자가 흰자가 많은 눈으로 쳐다보았다.

"시로 나가는 버스는 어디서 타요?"

"지금?"

여자가 손톱을 후 하고 불며 눈을 치떴다. 고개를 끄덕였다.

"벌써 끊겼어요."

눈을 동그랗게 뜨고 고개를 흔들었다.

"아, 네…"

쭈뼛쭈뼛 자리로 돌아와 앉았다. 식은 커피를 홀짝였다. 우두커니 앉아 텔레비전을 쳐다보고 있었다.

와자지껄한 소리와 함께 출입문이 열렸다. 영감이 여자들을 양옆에 끼고 들어섰다. 영감이 여자들의 엉덩이를 두들겼다.

"사장님, 힘도 좋으셔…"

"사장님 또 오세요. 꼭 오세요."

두 여자가 영감에게 가슴을 비벼댔다.

"어험."

영감이 어깨를 폈다. 여자들이 다방 앞까지 따라나와 손을 흔들었다.

여자들의 배웅을 받으며 차에 올랐다. 영감이 뒷좌석에 앉아서 담배를 피워 물었다. 의자에 기대앉아 느긋하게 빨았다. 영감이 재를 턴 담배꽁초를 창 너머로 퉁겼다.

"뭐, 내가 폐암으로 6개월밖에 못 산다고. 미친 새끼들. 이렇게 팔팔한데 무슨 소리야."

영감이 창문을 닫으며 투덜거렸다.

"의사 새끼들 그거 다 돈 벌려고 그러는 거야. 입원 같은 소리 하네."

영감이 씨근덕거렸다.

"…어디로 가요?"

"올라가야지."

영감이 등받이에 몸을 묻었다. 차가 국도로 올라섰다. 차들이 좀 늘었지만 많다고 할 정도는 아니었다. 속도를 올렸다. 어둠 속으로 국도 변 가로등이 휙휙 지나쳤다. 라디오 볼륨을 조금 높였다. 네, 그럼 보신각 주위에 나와 있는 시민 한 분과 인터뷰를 해보겠습니다. 안녕하세요. 반갑습니다. 네, 안녕하세요. 다시 볼륨을 낮췄다. 앞의 차들이 속도를 늦추더니 멈춰 섰다. 경찰차 하나가 국도 변에 붙어서 있었다. 브레이크를 밟았다.

"왜 그래?"

영감이 앞으로 몸을 내밀었다.

"음주단속 하는 것 같은데요."

"뭐?"

영감이 목을 빼고 앞을 살폈다. 얼굴을 찡그렸다.

"차 돌려."

"…예?"

"짭새 있는 거 안 보여. 차 돌려."

영감이 뒤에서 머리를 내리쳤다. 놀라 재빨리 차를 돌렸다.

"야, 빨리 밟아."

영감이 소리쳤다. 허둥지둥 마구 엑셀을 밟았다. 바퀴가 끼익 소리를 내며 벤츠가 앞으로 달려나갔다. 다른 차를 추월해서 전속력으로 달렸다.

"옆으로 빠져."

갈림길에서 영감이 소리쳤다. 어둡고 낯선 시골길을 마구 내달렸다. 경찰이 따라오는지 어쩌는지 돌아볼 새도 없었다. 계속 달렸다. 앞에 저수지 같은 게 보여 브레이크를 밟았다. 순간 차가 옆으로 죽 미끄러졌다. 이렇게 죽는구나. 영감한테서 겨우 살아났는데. 미친 듯 브레이크를 밟아댔다. 차가 간신히 멈춰 섰다. 저수지가 코앞이었다. 온몸이 축축하게 젖어 있었다. 조금만 더 갔더라면. 놀라서 아무 생각도 나지 않았다.

"야, 차 빼."

영감이 뒤통수를 때렸다. 겨우 정신을 차리고 차를 빼서 달렸다. 영감이 시키는 대로 시골길을 빠져나왔다. 국도로 접어들기 전 앞과 뒤를 살펴보았지만 경찰차는 없었다. 다시 고속도로로 올라와 차들의 흐름 속으로 들어갔을 때 영감이 웃음을 터트렸다.

"크하하하."

손으로 눈물을 닦고 있었다.

"짜식들, 지들이 어떻게 쫓아와."

어깨를 들썩이며 거들먹거렸다.

"잘했어. 제법인데."

등을 툭 쳤다. 나도 엉겁결에 따라 웃었다.

"그래도 번호판을 봤으면…"

"괜찮아, 상관없어."

영감이 다시 크하하 웃으며 담배를 피워 물었다. 고속도로는 차들로 붐비고 있었다. 중앙분리대 건너편도 마찬가지였다. 내려가는 차들로 미어터졌다. 휴대폰이 울리는 소리에 움찔 했다.

"받아."

영감이 뒤에서 핸드폰을 툭 던졌다. 엉겁결에 받아들었다.

"엄마다."

"왜, 또?"

짜증 섞인 목소리로 대꾸했다. 순간 뒤통수로 손이 날아왔다.

"전화 받는 싸가지하고는."

영감이 눈을 부라리고 있었다.

"아니 그냥 말일이고 해서."

"난 잘 있어."

"밥은 먹었고?"

"으응."

"그래, 그냥 전화해봤어. 끊는다."

"예."

뒤에서 부스럭거리는 소리가 나며 영감이 담배를 입에 물었다.

"라디오 좀 켜봐."

영감이 등받이에 몸을 기대며 말했다. '네, 이제 올 한 해도 10여분 남짓 남았군요. 다사다난했던 한 해가 또 이렇게 저무는군요. 보신각 앞에 10만 명이 모였다는 소식입니다.' 아나운서의 목소리 뒤로 올드 랭 사인이 흘러나왔다. 때맞춰 하늘로 눈발이 날리기 시작했다. 유리창에 싸락눈이 내려앉았다. 나도 영감도 창 밖을 내다보았다.

"야, 치킨."

"…예?"

"이 차 운전이나 해라."

"…지금 하는데."

웅얼웅얼했다.

"앞으로 계속 하라고."

"…예?…예."

머쓱하게 백미러를 쳐다보았다. 영감도 딴청을 피우듯 담배를 물고 창 밖을 보고 있었다. 차들이 조금씩 속도를 냈다. 나도 달리는 데 열중했다. 차가 다시 밀리기 시작했다. 라디오에서는 보신각의 타종소리가 들려오고 있었다. 근처로 몰려나온 사람들이 지르는 함성이 와와 메아리쳤다. 그 소리에 맞춰 주변의 차들이 빵빵 클락션을 울렸다. 창으로 고개를 내밀고 고래고래 소리를 지르는 치들도 있었다. 미친놈들. 영감이 연기를 뿜으며 어이없다는 듯 중얼거렸다. 차는 계속 가다 서다 하고 있었다.

삶의 속살을 헤집는 다양한 인물 군상의 풍속도

-고인환(문학평론가, 경희대 교수)

1.

임정연 소설의 스펙트럼이 넓고 깊어졌다. 작가는 이전보다 다양한 삶의 풍속을 소설 속으로 끌어들이고 있으며, 한층 웅숭깊은 시선으로 '지금 여기'의 삶의 속살을 헤집고 있다. 작가는 첫 번째 작품집 『스끼다시 내 인생』에서 '순환의 바퀴 안에 들어가기를 거부하는' 청춘들, 즉 '어둡고 침침한 자신들의 동굴 속에서 음욕과 방탕과 유혹과 욕망의 극단을 횡단하는, 이 시대 다양한 불량배'(최성실)들의 삶을 그만의 독창적인 문체로 길어올렸다. 그의 작품은 경쾌하고 발랄하게 삶의 아이러니를 타고 넘는가 하면, 어느 순간 존재의 심연(深淵)을 가차 없이 뒤흔들며 우리 사회의 트라우마를 건드리곤 했다. 우리 문학사는 이 개성적인 작품들을 오랫동안 기억할 것이다. 기세를 몰아 작가는 『질러』, 『버저비터』 등에서 '청소년' 이란 한정사로 그만의 독특한 소설세계를 구축하였다. 경쾌하고 발랄한 문체와 스피디한 사건 전개, 촘촘하게 수놓인 이야기의 그물망 등은 우리 청소년 문학의 영역을 심화·확장하는 데 크게 기여한 바 있다.

임정연 작가가 이제 두 번째 소설집을 세상에 내놓는다. 그의 작품을 한정하던 '스끼다시', '불량배', '청소년' 등이 필요 없는 그냥 '소설들'을 묶었 다. 사실 한 작가의 소설 앞에 붙는 한정사는 양날의 검이다. 다른 작가 들과 구별되는 그만의 독특한 개성을 표상하는 용어일 수 있지만 동시에 작가의 소설세계를 그러한 수식어에 한정하는 의미를 지니기도 하기 때 문이다. '스끼다시', '불량배', '청소년' 등은 임정연 소설의 개성과 특징을 잘 보여주는 수식어였다. 사실 작가는 이러한 인물들의 삶과 세계를 그만의 방식으로 포착하여 우리 소설사에 인상적인 풍경을 음각하였다.

이번 작품집에는 이러한 한정사를 떼어내려는 작가의 내밀한 욕망이 투영되어 있는 듯하다. 그렇다면 수식어가 없는 '소설' 그 자체의 본질과 알몸으로 대면해야 할 것이다. 사정이 이러하다면 우리는 '문학의 위기' 혹 은 '소설의 위기' 등의 담론을 곱씹어볼 필요가 있다. 시대가 변함에 따라 문학(소설)도 변해야 한다는 논리에는 이견이 있을 수 없다. 그렇다면 변 화하는 시대에 '어떻게' 응전할 것인가가 문제일 터이다. '영상' 소설, '웹' 소 설, '디지털' 소설 등 소설을 수식하는 한정어를 필요로 하는 작품들은 주 로 변화하는 시대에 초점을 맞춘다. 하지만 아직도 그런 한정어를 가지 지 않는 소설을 쓰는 작가들이 많다. 아니, 이들이 다수이다. 이들은 '변 한 듯이 보이지만 변한 것이 거의 없는' 현실의 모순을 부여잡고 보다 나은 삶에 대한 희망의 불씨를 되살리려 노력하는 경우가 많다. 여전히 우리 삶을 지배하고 있는 '근대라는 괴물'과 맞서 투지를 불태우고 있는 것이다. 우리는 여전히 노동의 소외는 물론이거니와 심지어 무의식까지 상품으로 포장되는 근대를 살아가고 있으며 앞으로도 그럴 것이다.

임정연의 소설을 읽으면서 '익숙한 새로움'을 느낀 이유도 이와 무관하지 않다. 이러한 느낌은 '지금 여기'의 문학 현실을 다음과 같이 진단한 바 있는 필자의 생각과도 멀리 떨어져 있지 않다.

인류가 쌓아 올린 문명의 바벨탑은 하늘을 찌를 기세인데, '지금 여기'의 삶은 여전히 고통스럽기만 하다. 인간다움의 가치를 저당 잡는 자본의 형세가 가히 무소불위라 할 만하다. 그럼에도 문학은 꿈꾸기를 멈추지 않는다. 아니, 멈출 수 없다. 문학적 상상력은 이윤에 대한 욕망이 지배하는 근대사회의 규율과, 이 규율 너머로 난 흐릿한 오솔길 사이에서 아슬아슬한 곡예를 펼치고 있다. 이 긴장된 삶의 궤적을 통해 문학은 우리가 향유하고 있는 삶이 건강한지 그렇지 않은지를 심문한다. 이러한 문학의 본원적 기능을 충실하게 체현하면서 '지금 여기'의 현실에 적극적으로 개입하고 있는 작품들에 마음이 움직였다. 부정하고 극복해야 할 근대적 일상이 보듬고 살아가야 할 실존의 장이기도 하다는 사실을 스스로 감내하는 순간, 자본의 논리에 대한 거부의 수사학이 희미한 빛을 발하는 구원의 서사로 몸을 바꾼다. 삶의 고통을 창조적 에너지로 승화시키는 문학의 연금술은 여기에서 비롯된다.

―『정공법의 문학』, 「책머리에」

소설의 본원적 기능을 충실하게 체현하면서 '지금 여기'에 적극적으로 개입하고 있는 임정연의 작품에 유독 마음이 끌린 이유도 이 때문일 것이다.

2.

이번 작품집에는 삶의 속살을 헤집는 다양한 인물 군상들의 풍속도가 수놓여 있다. 각각의 단편들은 개성적인 인물들의 독특한 어조를 통해 우리 사회의 내밀한 속살을 날카롭게 해부하고 있다. 초등학교 3학년 때 학교를 그만둔 조숙하고 영악한 소녀에서부터, 입시지옥을 살아가는 고등학교 여학생, 여자 친구와 막 헤어진 남자, 평범하게 보이지만 그렇지 않은 회사원, 죽음을 앞둔 노인 등 각 작품 속 인물들의 면면은 다양하다. 더불어 각 인물들이 처해 있는 경제적 상황도 극빈층에서 상류층에 이르기까지 그 스펙트럼이 다채롭고 각양각색이다. 삶의 단면을 날카롭게 포착하는 단편 양식이 모여 상승작용하며 우리 삶의 총체적 풍속도를 입체적으로 완성하고 있는 형국이다.

몇몇 작품들을 통해 작가가 보여주고 있는 우리 사회의 내밀한 속살을 엿보기로 하자. 「야생동물 보호구역」을 읽으며 우리 소설사의 한 페이지를 장식하고 있는 두 작품을 떠올렸다. 김승옥의 「무진기행」과 윤대녕의 「은어낚시통신」이 그것이다. 돈 많은 과부와 결혼하여 세속적인 편안함을 누리고 있던 주인공이 고향인 무진에 내려와 어두운 과거와 현재의 삶을 성찰해 본다는 「무진기행」의 모티프는 1960년대의 근대적 일상성을 섬세한 소시민적 욕구를 통해 내면화하고 있는 빼어난 단편이다. 한편, 근대적 일상에서 일탈한 낯선 공간에서 자신이 살아온 '서른 해를 가만가만 벗어던지며' '원래 존재했던 장소로 '천천히 거슬러 올라가'는 주인공의 모습은 「은어낚시통신」을 1990년대를 대표하는 작품으로 자리매김하게 했다. 공교롭게도 30여 년의 시차를 두고 우리 소설사는 이제 근대적 일상으로부터 탈출하려는 욕구와 존재의 시원으로 회귀하려는 욕망을 동시에 품은 「야생동물 보호구역」을 가지게 되었다. 작가는 '변한 듯이 보이지만 변화한 것이 거의 없는' 근대적 일상을 부여잡고 이를 현재적으로 되살리고 있는 것이다.

지난 밤 K를 만난 것일까. 나는 저 펜션에 들어간 것일까. 그곳에서 누군가를 만난 것일까. 도대체 무슨 일이 벌어졌던 것일까. 아무리 머릿속을 더듬어도 어떤 기억도 나지 않았다. 퓨즈가 나가버린 두꺼비집처럼 기억은 그대로 암전이었다. 나는 차 속에서 깨어났고 아침 햇살이 따가워 몸을 일으킨 것이다.

- 「야생동물 보호구역」

작가는 일상으로부터의 일탈(K, 펜션 등)을 '기억'의 '암전', 즉 사실과 환각의 경계지점에 음각하고 있다. 이는 '무진'이라는 소설 속 일탈 공간을 '안개'의 이미지로 신비화한 김승옥의 경우와 구별된다. 1960년대의 상황에선 세속적 일상 너머의 세계가 비록 '안개'의 실루엣을 지니고 있긴 하지만 구체적으로 존재할 수 있었다. 그렇기에 작중 화자는 '부끄러움'이라는 감정을 가지고 일상으로 복귀할 수 있었다. 하지만 '지금 여기'에서 일상 너머의 세계는 구체성을 지니기 어렵다. 이 작품이 「무진기행」을 이어 받으면서 넘어서고 있는 지금은 바로 여기이다. '변한 듯이 보이나 변한 것이 거의 없는' 근대적 일상성이 작동하는 지점도 여기이다. 따라서 위와 같은 결말은 일상과 그 너머의 경계가 모호한 상황에서도 여전히 근대적 일상성과 맞서야 하는 '지금 여기'의 소설가들이 직면한 곤혹감을 정직하게 보여준다고 할 수 있다. 한편, 이 작품은 우리 시대 '최고의 아이콘' 중 하나인 '몸(섹스)'을 매개로 '야생의 날것'을 탐색한다는 점에서, 돌아가지 못하게 하는 부정적 현실과 팽팽한 긴장감을 확보하는 데 일정한 한계를 노출한 「은어낚시통신」과도 대비된다. 작가는 '지금 여기'의 현실을 저공비행하며 일상 탈출의 '가능성/불가능성'을 차분하게 탐색하고 있는 셈이다.

한 평범한 회사원의 일상 탈출을 흥미롭게 포착하고 있는 「아웃」 또한 임정연 소설의 저공비행을 잘 보여주는 작품이다. 가정과 회사에서 소외된 화자는 주말에 '경찰 행세'를 하며 삶의 활력을 찾는다. 화자는 '신호 위반', '쓰레기 불법 투기', '장애인 주차구역 위반', '무단횡단' 등을 단속하면서 뇌물을 받기도 하고, 딱지를 떼기도 하고, 그냥 봐주기도 한다. 진부한 일상을 탈주하고자 하는 욕망의 발현이 역설적이게도 일상의 규범을 강화하는 법규의 단속으로 표출되고 있는 점이 흥미롭다. 이는 일상 탈출의 불가능성 혹은 탈출 욕망의 뒤틀린 형상을 보여주는 장치이다. 이를 통해 작가는 '과연 우리 삶은 건강한가?'라는 근원적 질문을 던지고 있는 것이다.

여자 친구와 막 헤어진 화자가 서울 인근의 한 도시로 이사하면서 이야기가 전개되는 「감염」 또한 삶과 죽음, 사실과 환각(환청), 현실과 현실 너머의 경계를 오가며 일상적 삶의 의미를 탐색하고 있는 작품이다. 이사한 집의 천장에서 죽은 아이가 뛰노는 소리가 들린다는 이야기는 그 자체로도 흥미롭다. 작가는 이러한 이야기를 여러 복선을 통해 섬세하게 구조화하고 있다. 반복해서 등장하는 '멜빵바지'를 입은 아이의 이미지는 차치하고라도, '야단을 쳐도 아이가 말을 안 들어요. 정말 죄송합니다. 저희도 노력 중이니 좀 이해해주세요. 정말 죄송합니다'라는 메모의 의미는 어떻게 이해해야 한단 말인가(아이의 부모는 아이가 죽은 후 집을 떠나 행방이 묘연한 상태이며 그 집은 오랫동안 비어 있다). 이러한 설정은 독자들의 상상력을 자극하며 섬뜩함을 불러일으키기에 부족함이 없다. 하지만 이 작품의 진가가 드러나고 있는 대목은 화자가 '소음과의 전쟁'을 벌이는 와중에 수시로 삽입되고 있는 옛 연인과의 추억 장면이다. 이를 통해 작가는 소음에 무관심했던 화자가 그 무관심 때문에 소리의 반격에 노출되어 옴짝달싹할 수 없는 처지에 놓였다는 사실을 시사하고 있기 때문이다. '소음' 때문에 연인과 헤어졌고 이 이별의 고통이 '환청'으로 되돌아오고 있는 셈이다. 이러한 과정을 통해 '현실 너머의 세계', 즉 '환청의 세계'는 현실 속으로 내려올 수 있게 되는 것이다. 이 작품에서 '환청'의 세계는 화자가 살아온 일상적 삶을 성찰하는 동시에 일상 탈출의 '가능성/불가능성'을 심문하는 기능을 하고 있는 셈이다. '지금 여기'의 현실에 굳건히 발 디디고 있는 리얼리스트의 면모가 드러나는 대목이다.

3.

「피시방 라이프」는 세상의 모든 것에서 버림받은 한 소녀(11살 정도로 보인다)의 시선을 통해 풍요로운 현대문명의 이면을 포착하고 있는 작품이다. 하루 8천 원으로 연명하는 '피시방 라이프'가 있다. 아빠는 가정을 팽개치고 '눈이 벌건 채 가상세계 속 괴물'을 잡으러 다닌다. 일도 나가지 않고 죽지도 않는다. 엄마는 당뇨 때문에 퉁퉁 부은 몸으로 어린 화자에게 돈을 가져오라고 윽박지른다. 그야말로 '생존' 이외의 것은 사치인 삶이다. 화자의 가족에겐 '그날그날 먹을 음식도 없었고 따뜻한 잠자리도 없었고 낯선 사람이 함부로 문을 두들기지 않고 맘 놓고 똥을 쌀 그럴 집'도 없다. 화자에게 주어진 유일한 쾌감은 물건을 훔치는 일이다. 들키지 않고 가게에서 물건을 훔쳐 나올 때 그 '짜릿한 기분'이 유일한 즐거움이다. 사회는 물론 부모로부터도 버림받은 이 소녀에게 도둑질에 대한 '윤리적 잣대'를 들이대는 것은 무의미하다. 또 다른 폭력일 따름이다.

이 영악하고 조숙한 소녀는 은희경의 『새의 선물』에 나오는 주인공을 떠올리게 한다. 이들은 투정을 부린다고 해서 현실의 문제가 해결되지 않는다는 사실을 잘 알고 있기에 감상적이지 않다. 『새의 선물』은 세계에 대한 냉소와 환멸을 무기로 '애초부터 선의라고는 갖지 않은 삶'의 무게를 나름의 방식으로 감당하는 한 당돌한 소녀의 이야기이다. 세상의 불합리성을 이미 체득한 자가 할 수 있는 일이란 이러한 세상을 비웃고 조롱하며 성장을 멈추는 일밖에 없다. 하지만 「피시방 라이프」의 화자는 여기서 멈추지 않는다. 이 소녀는 견고한 현실에 맞설 무기를 스스로 준비한다. 학용품과 돈을 차곡차곡 모으고, 일정한 시간에 학원을 찾아 상상의 '작문' 연습을 한다. '글을 까먹어' '바보'가 되지 않기 위해서이다. 화자는 세계에 대한 냉소와 환멸의 태도를 넘어, 비록 부서지는 한이 있어도 나름의 방식으로 세상과 맞서보려는 의지를 표출하고 있다. 그러려면 자신을 버린 가정(엄마, 아빠, 동생)을 뛰쳐나와야 한다. 이제 화자가 가정을 버릴 때가 되었다. 하여, 숨겨둔 돈을 챙기고, 오랫동안 갖고 싶었던 '인형'을 훔쳐 피시방을 떠나는 것으로 작품은 마무리된다.

난 달리기 시작했다. 인형 상자를 꼭 끌어안은 채 시장 골목을 뛰었다. 발바닥으로 얇은 얼음이 깨지는 소리가 났다. 지금까지 순댓국 집 앞에 트럭이 있을까. 아이를 싣고 벌써 떠났는지도 모른다. 따듯한 의자에 몸을 기댄 채 아이는 침을 흘리며 자고 있을까. 부산역에 가면 먹고 살 수 있다는 그 말을 믿지 않는다. 아이는 철썩 같이 믿고 있지만 난 아니다. 엄마도 아빠도 날 버렸다. 그런데 누구를 믿을 수 있을까. 그래도 난 도망칠 것이다. 트럭을 타고 부산이든 어디든 떠날 것이다. 피시방이 아니라면 그 어디라도 좋다. 차가운 겨울바람이 얼굴로 자꾸자꾸 부딪쳐 왔다.

―「피시방 라이프」

소녀가 첫발을 내딛는 '그 어디'에는 '차가운 겨울바람'만이 쌩쌩 불지 모른다. 그녀를 기다려주는 따뜻한 손길이 없을지도 모른다. 하지만 소녀는 실망하지 않을 것이다. 그녀는 스스로를 창조할 무한한 가능성을 품었기 때문이다. 우리는 「이토록 치사한 로맨스」의 여고생 오인주에게도 이와 같은 기대감을 품게 된다. 임신을 확인한 인주는 '나한테 이런 일이 생겼다는 게 정말 싫었다. 왜 하필 나일까'라는 생각을 잠시 한 후, '아무리 생각해도 그 수밖에 없지, 뭐. 할 수 없잖아?'라고 독백하며 누군가에게 '핸펀'의 번호를 누른다. 여기에서 인주가 전화를 건 상대가 누구인지는 중요하지 않다. 문제는 그녀가 스스로의 삶을 선택하기 시작했다는 점에 있다. '어떻게 살아야 할지를 알려주는 사람'이 없는 세상에서 소녀들은 자신들이 '가고 싶은 길'을 스스로 찾아갈 수밖에 없다. 이렇듯 임정연의 소설에는 세상을 향해 그 첫 발을 내디딘 인물들이 등장한다. 일상에 안주하지 않고 늘 새로운 모험을 꿈꾸는 '문제적 주인공'들의 험난한 여정이야말로 우리의 삶과 문학을 살찌우는 마르지 않는 자양분이다.

이처럼 세상 속에 비참하게 내몰린 존재들이 힘겹게 자신의 존재를 지탱하고자 하는 모습은 '지금 여기'의 삶을 되돌아보게 한다. 세계를 향해 돌진하는 이러한 인물들의 모습은 우리의 내면 깊숙이 가라앉아 있는 양심의 목소리를 소환한다. 자본의 논리에 적용하기 위해서는 '어쩔 수 없지 않느냐'는 변명으로 스스로를 합리화하며 이들의 삶을 짐짓 외면하기에 급급했던 자의식의 심연을 들추어내고 있기 때문이다. 임정연의 작품이 주는 불편함은 여기에서 기인한다. 그의 작품은 우리 모두에게 되묻는다. 과연 누가 이들을 우리의 자식이 아니라고 항변할 수 있겠는가? 이러한 반문이야말로 그의 작품을 '청소년' 소설 혹은 '성장' 소설의 영역을 넘어서게 하는 동력이 아닐까?

세상을 향해 첫 발을 내디딘 인물들에게 따뜻한 공감의 박수를 보낸다.